転生令嬢は
逃げ出した森の中、
スキルを駆使して
潜伏生活を満喫する

主な登場人物
イヴ
植物の神様。ぐうたら過ごすことが、なによりの幸せ。ララとウィルに特別なスキルを授ける。
ララ・コーネット
コーネット伯爵家令嬢。黒髪黒目の容姿と魔法が使えないことから虐待されていたが、前世で日本人だった記憶を取り戻し、伯爵家から逃げ出す。

アーソロン・ノヴァ
（アロン）
ノヴァ侯爵家令息であり薬師。薬の原料となる植物の取引のためララと知り合い、異世界の常識を教える。
ハティ
子犬の姿でコーネット伯爵家に迷い込んできたところをララとウィルに助けられた。ララとウィルを守っている。
ウィル・コーネット
コーネット伯爵家令息。6歳。伯爵家からララと共に逃げ出した。見た目も心も純粋なかわいい天使。ララに溺愛されている。

Contents

転生令嬢は逃げ出した森の中、スキルを駆使して潜伏生活を満喫する

灰羽アリス

イラスト
麻先みち

プロローグ

冷たい水の中に沈んだ時、私はすべてを思い出した。

ララ・コーネット。それが〝現世〟での私の名前。

コーネット伯爵家の長女で貴族のお嬢様……と、身分的には一応そうなる。

だけど残念ながら、私はこの家でお嬢様らしい扱いを一切受けていない。

なぜって？

それは、私の容姿が（彼らに言わせると）醜《みにく》いから。

闇を落としたような黒髪と、同色の瞳。

〝死を運ぶ不吉の鳥〟として恐れられる『ララーシュア』と同じ色を持つせいで、私は、この世に生を受けた瞬間、嫌われ者となる運命が確定した。

両親には無視され、兄には虐《いじ》められ、使用人たちからは陰湿な嫌がらせを受けた。

そして、7歳の時。事態はもっと悪化することになる。

この国で誰もが受ける義務のある『判定式』で、私は『魔法』が使えないことが判明した。

『魔法』が使えることは貴族の証《あかし》。貴族の身分なのに魔法が使えない私は、さらにひどい仕打ちを受けるようになった。

令嬢としての教育は一切受けさせてもらえず、扱いは使用人以下。食事は残飯。髪にクシなんて通したこともない。

「あんたなんて、葬式用の服がお似合いだわ」

そう言う母が嫌がらせのため、定期的に送ってくる黒いワンピースのおかげで衣服だけは新しいけれど、薄汚れた肌や髪とアンバランスで逆に滑稽《こっけい》。

兄からはサンドバッグにされ、母はそれを見て笑い、父は見て見ぬふり。

14年間だ。生まれてからずっと屋敷に軟禁状態で……私は、『ララ』は、死んだように生きてきた。

——今朝《けさ》のことだ。お父様が部下とやり取りする内容を盗み聞きしてしまった。

どうやらお父様は、私を変態貴族に売ることに決めたらしい。

黒髪をほしがるなど、変態の考えることは分からん、と言いながら、お父様は笑っていた。

これで借金が返せると。

とても虚しくて、私は絶望した。耐えていれば、いつかは両親の愛情が手に入ると、どこかでずっと信じていたのかもしれない。そんなことはあり得ないのだと、痛いくらいに現実を突きつけられた。

その瞬間、ぎりぎりのところで保っていた心の均衡が崩壊した。

我慢して我慢して我慢して、いい子でいようと頑張ってきたけれど、もう無理だ。

こうなったら、最後くらい両親を困らせてやろう。私がいなくなれば縁談も破談になり、賠償金の支払いやらで、さすがの彼らも心を痛めるはず。

そう思って、私は井戸に飛び込んだ。死ぬつもりだったんだ——


この世界の月はいつだって、誰かがかじったみたいに欠けている。私は水面に浮かびながら、その不格好な月を眺めた。心臓が、ものすごい勢いで鼓動している。

「あああああ、よかった～！　生きてて！」

いやぁ、冷や汗ダラダラだよ。

水面に額を打ちつけると同時に、私は思い出したんだ。『地球』の『日本』で19歳まで生きた〝前世の記憶〟ってやつを。

前世の記憶は鮮やかで、今となっては『ララ』として生きてきた記憶のほうが、夢のように現実感がない。息苦しさが嘘みたいに消えた。あとに残るのは、激しい怒り。それから、後悔。

あんなクズたちのために、私が死ぬことなんかない。

井戸から這《は》い上がると、月はずっと近かった。

「姉さま！」

「ワフ！」

裏口から屋敷に入ったところで、最愛のふたりが出迎えてくれた。異母弟のウィルと、愛犬のハティだ。私はたまらずふたりに抱きついた。

弟はまだ6歳。父が使用人に産ませた子で、しかも貴族の証である魔法が使えない。ウィルも、私に負けず劣らずひどい扱いを受けている。私が死ねば、この家に弟の味方はいなくなる。1年前に保護してから、隠れて飼っているハティだって、兄のギドに見つかれば、きっと殺される。ふたりは私が守らなきゃいけなかった。それなのに、私——。

「ごめん、ウィル、ハティ。私、もう負けないから。こんな家、逃げ出そう。それで私たち、幸せになるの」


屋敷の奥にある、祈りの間。祭壇の前に立つと、そこに安置された木箱がにわかに光った。木箱の蓋《ふた》に書かれた『日本語』を読む。

【君の助けにならんことを】

蓋が開き、強い光が放たれる。次の瞬間、無機質な女の人の声が響いた。

《スキル『鑑定』レベルMAX、スキル『収納』レベルMAX。現在の所有者はハセベコウタロウ様です。所有者を変更しますか？》

1章　逃亡

　私が売り渡される先は、ボルドー侯爵家。表向き、私はボルドー侯爵の妻になる。謎の死を遂げた14人に続く、15人目の花嫁だ。

「結婚おめでとう、ララ。侯爵家とは、出世じゃないか。ああ……だけど、君の夫となる人は少し特殊な趣味をお持ちだと聞く。変わったものを集めては、壊して捨てているそうだ。先日もオモチャのひとつが壊れ、侯爵はひどく悲しんでおられる。よくお慰めするのだよ、ララ」

「ええ、お兄様。侯爵様の言うことをよく聞いて、いい子にいたしますわ」

　兄のギドは私に出くわすたび、しつこくボルドー侯爵の噂をした。おかげですっかり、侯爵の後ろ暗い人柄について詳しくなってしまった。

　怖がらせようとにやにやしながら語ってくるギドの態度はムカつくし、ホントはグーパンチのひとつもお見舞いしたいところだけど、我慢した。作戦を成功させるには、いつも通り従順な『ララ』を演じなければならないのだ。


　そして、嫁入りの当日。

私はたくさんの使用人たちの手によって、体の隅々まで磨きあげられた。

お風呂に入れられ、伸ばしっぱなしで腰まで届く黒髪をブラシで何度もとかれる。乾くと美しいウェーブが広がった。

真っ白な肌に化粧は施されない。頬も唇も、もともと赤いから必要ないのだ。

びっしり重いまつ毛に縁取られたタレ目気味の黒目は大きくて、左目の下にある泣きぼくろがとってもセクシー。私ってば、文句なしの美少女だ。

14歳にして、バストは推定Eカップ（なお、発展途上の模様）。細い体型に大きいおっぱいなど、実にけしからん。将来は妖艶美女になること間違いなしだね！

……でも、せっかくの美少女も、この世界では黒髪黒目を理由に嫌われてしまうんだよなぁ。

元・日本人としては理解できない感覚だけど。

黒いワンピースを着せられ、頭に黒いミニハットをピンで留められる。ミニハットは黒いレース付きで、ちょうど目元が隠れる。

完全に、お葬式スタイルだ。

なるほど、〝死を運ぶ鳥の君〟には、それらしい格好がお似合いだと。

変わった娘を所望したボルドー侯爵に向けても楽しい演出になる。

お母様やギドは私を見てクスクス笑っていたけれど、私には別にどうってことない。このワンピース、すごく生地がいいし、デザインもかわいくて、普通に気に入っちゃった。

「お世話になりました。皆様どうかお元気で」

別れの挨拶はあっさりとしたものだった。

ついてきてくれる使用人などいるわけもなく、私はひとりきりで馬車に乗り込んだ。

どんどん遠ざかっていく屋敷を見ても、特に何の感慨も湧《わ》かなかった。強《し》いて言えば、せいせいするとか、すっきりとか、そんな感じ？

そうして、私は今、馬車に揺られている。このまま大人しくしていれば、数時間後には変態貴族の妻となり、彼のベッドの中。で、最悪、今日が命日になるってわけ。もちろん、私にその気はない。

馬車が止まる。大きな森を通過する前に、小休憩に入るのだ。形だけ用向きをたずねに、御者が扉に近づいてくる。この瞬間を待っていた。

「用意はいい、ウィル？」

「うん、だいじょうぶ！」

ドレスのスカートの下から、金髪の頭がぴょっこり飛び出す。続いて、白い毛玉。

「バウ！」

「ハティも気合十分ね」

私のスカートに隠れて、ふたりがついてきたことは、誰も知らない。今日、私が永遠に逃げ出すつもりでいることも。

「行くよ！」

小窓のカーテン越しに、御者の影が止まった瞬間、馬車の扉を内側から勢いよく蹴り開けた。大きな衝突音。御者がうめく。

「走って！」

ウィルの手を引いて、森へと走る。ハティも難なくついてくる。

ハッ、ハッ、と短く息を吐きながら、全速力で走っていく。すぐに息が切れる。引きこもり令嬢の貧弱な体力を軽く見ていた。後ろに流れる長い黒髪が重くて、すごくじゃまになる。それでも、希望はある。

追いかけてくる御者はひとり。

両親は私のことを舐《な》めきっている。自分たちの言うことは何でも聞く、ララは絶対に逆らわない。その過信が、監視役の使用人や護衛もつけず、私を御者ひとりに任せるという選択をさせた。

そうでなくっちゃ。私はいい子のララ。彼だけをまけばいいのだから、私にはとても都合がいい。

とはいえ、御者は若い兵士だ。体力は私たちと段違いだし、走るのだって速い。あっという間に追いつかれそうになる。どこか、どこかに隠れてやり過ごさなきゃ。

「姉さま、こっち！」

ウィルに手を引かれ、盛り上がった木の根の陰に身を隠す。ハティも身軽にウィルの腕に収まった。

少し遅れてやってきた御者が近くで止まり、違う方向に走っていく。どうやらまけたようだ。

はぁ、とふたりで大きく息を吐く。安心したら笑いが込みあげてきて、ふたりで小さく笑った。

だけど、油断は禁物。

ガサゴソと茂みが揺れ、灰色の塊が飛び出してきた。一瞬で、頭が冷えた。

「姉さま、うさぎさんがいるよ！」

わぁ、うさぎさんかわいいね！　なんて、私も無邪気な子供でいられたらよかった。

だけど、あれは『うさぎさん』なんてかわいいものじゃない。

中型犬くらいの大きさで、頭に巨大な一本角が生えている、うさぎに似た何か。

あれは『魔物』だ。

御者ばかり気にして、魔物への警戒をおろそかにしていた。

『魔物』は、体内に魔石と魔力を有する生物だ。多くは、このうさぎのように角が生えているなど、動物の異型の姿をしている。生態はさまざまで、謎の多い生き物として知られている。性質は至って凶暴。その魔物が今、目と鼻の先に。

体が自然と動いた。角を向けたうさぎが突進してくるのを見て、ウィルに覆いかぶさる。あの角で突かれたらぜったい痛い、ていうか死ぬ。せっかく逃げ出せたのに、あまりにあっけない。歯を食いしばり、覚悟した衝撃は、しかしやって来なかった。

ガウガウ、と恐ろしい鳴き声が側《そば》で2度あがった。白銀の輝きを視界に捉《とら》え、信じられない気持ちで顔を上げる。

白い子犬が、自分とそう変わらない大きさのうさぎを仕留めてしまった。振り回される角をものともせず、首筋をひと噛《か》み。それから、げぇ……うさぎの腹の肉を引きちぎってぱくり。バリバリ、ボリボリ、石を噛み砕くみたいな音がする。

もしかして、魔石を食べてる……？

「うわぁ」

「見ちゃいけません」

興味津々《しんしん》なウィルには悪いけど、教育上、こんなグロ映像は見せられません。

「グゥ……」

変化は突然だった。白い背中が揺れ、毛が逆立つ。

一瞬、苦し気な声をあげたかと思うと、背中が割れるように大きくふくらむ。そして、

「ハ、ティ？」

バウ、と鳴いて、嬉《うれ》しそうに頬をすり寄せてくる巨大な獣。

「すごーい、ハティ、かっこいい！」

巨体にすり寄り、きゃっきゃとはしゃぐウィルと、ぽかんとする私。

魔物を食べた愛犬が、巨大な犬に変身してしまった。犬というより、狼？　顔が怖い。

……まぁ、うん。『魔法』とかがあるファンタジーな世界だから、こんなこともある、よね？

いやいや、あるのか？

《フェンリル》

ピコン、とハティの頭の上に赤文字が踊る。

不思議生物になってしまったハティを『鑑定』した結果だ。だけど、説明が簡略すぎてよく分かんない。

と、ハティは伏せをして、あごで背中を指した。

「乗せてくれるの？」

ずいぶん野太くなった声でバウ、と一度鳴くハティはたぶん、人間の言葉をきちんと理解し

ている。

私とウィルを乗せたハティは、風のように深緑の森の中を駆け抜けた。

◆◇◆◇◆

ハティに乗ってやってきたのは『中立の森』。

4つの国に接しているがどの国にも属していないこの森は、各国の政治的な手出しや人の侵入が禁止されている。隠れるには打ってつけの場所なのだ。

ということで、ほとぼりが冷めるまでこの森に潜伏する。水辺には魔物や肉食獣が集まる恐れがあるので、川から少し離れたところにある開けた草原を拠点とすることに決めた。

季節は春。広い草原には、色とりどりの小花が咲き誇っている。

世界は広くて、とてつもなく自由だった。

じわじわと喜びがこみ上げてきて、「あは」と笑いが出た。

「逃げ出せた、逃げ出せた。ウィルも、ハティも一緒に」

ここからだ。私の人生は、ここから。きっと、この世界で幸せになるんだ。

ただひとつ心配なのが、コーネットから放たれるだろう追手のこと。あの御者は私たちが逃げ出したことを、もうお父様に報告しただろうか。彼はウィルの姿も見ている。

「私たちは魔物に襲われて死んだってことで、探すのを諦《あきら》めてくれたらいいんだけど、どうだろう……」

ぶつぶつ言っていると、スカートがくっと引っ張られた。

「姉さま、おなかすいた」

泣きそうな緑の瞳に心臓が射貫かれる。もう、ズッキューン。私の弟は、控えめに言って天使だと思う。このかわいさといったら……！

そうだよね。隠れたり、走ったり、今日は朝から大忙しだったから、まともに食事ができていない。まあ、あの家にいても、私たちがまともな食事にありつけたためしはないけれど。でも、今日はご馳走《ちそう》だから、期待してて。

「『収納』さん、『絨毯《じゅうたん》』を出して！」

高らかに命じると、何もない空間から絨毯が現れた。ふわり、と草原に広がる。

「まだまだ。『収納』さん、『ステーキ』と『パン』と『スープ』と『ケーキ』を出して！」

絨毯の上に、次々に現れる、ステーキとパンとスープとケーキ。これはコーネット家で出されるはずだった本日の昼食。調理場から根こそぎ『収納』してきたものだ。

わ〜！　とウィルがはしゃぐ。ハティも楽しそうにジャンプする。うさぎを食べたばっかりだけど、ステーキは別腹みたい。

こんなに豪華な食事、私もウィルも初めてだ。いつもは残飯だからね。かわりに今頃お母様たちがひもじい思いをしているかと思うと、少しざまぁ見ろって思っちゃう。

「すごいね、姉さま！　まほうみたいだね！」

「魔法か……確かに、魔法みたいに素敵な力だよね」

私もウィルも魔法が使えない。物を収納し、取り出す魔法があるかは知らないけど、これは魔法ではなく『スキル』だ。あの祈りの間で手に入れた、私の新しい力。

7歳の時に教会で受ける『判定式』では、ふたつのことが分かる。魔力の量と、『スキル』の有無だ。魔力は魔法を使うための、いわば燃料。貴族に生まれた者は、通常1以上の魔力量を有している。ところが私の魔力量はゼロ。平民と同じ。貴族はみんな赤ちゃんの頃から息をするように魔法を使うというけれど、私は使えなかった。使えない理由が、この時判明したわけだ。遅咲きの大成など、あり得なかった。そして、ウィルも魔法が使えない。『判定式』はまだだけど、私と同じで魔力量はゼロだと、早々に諦められている。

いっぽう、『スキル』は平民にも所有者が現れる。有力な『スキル』を持つ者は、国に登用され、お金持ちになることもあるので、みんな子供に期待する。私はこの『スキル』も持っていなかった。そう、あの祈りの間で、不思議な光が私の体に染み込むまでは。

ずっと不思議に思っていた。祈りの間に安置された木箱。蓋に書かれた曲がりくねった文字は、何て書かれているんだろうって。その文字は、日本語だった。

【君の助けにならんことを】

２００年前、コーネット家の初代様が設置したらしい木箱を、家族は誰も気に留めていなかった。木箱の中身を知らないのだ。

そしていま、木箱は私に力を授ける前と変わらずそこにある。だから、私が能力を得たなんて、誰も気づけない。

《所有者が変更されました。ララ・コーネットを所有者に指定します。これにより、スキル『鑑定』及びスキル『収納』のレベルが1となります》

木箱から聞こえた無機質な女の人の声に従い、私は『鑑定』と『収納』というふたつの『スキル』の所有者となった。それから、使い方の簡単な説明（まず、『鑑定』。対象に向けて『鑑定』と念じると、正確な情報を教えてくれる。次に、『収納』。対象となる物体——ただし生命体は不可——に向けて『収納』と念じると、他人に認識できない私だけの亜空間に、その物体を『収納』できる。ドラ○もんの四次元ポケットかな？）をすると、女の人の声は最後にこう言い添えた。

《以上です。では『ララ・コーネット』様、快適な異世界生活をお送りください》

異世界。あらためて思う。ここは地球じゃない、どこか別の世界なんだ。どこまで逃げても、助けてくれる知り合いはいない。

前世に思いを馳《は》せると、ちょっぴりセンチメンタルな気分になる。いつ死んだのか、その原因も、私は何も覚えていない。思い出せるのは、ありきたりだけど幸せだった毎日……ぐすん。

って、ダメダメ。ここは魔法や『スキル』が存在する憧れの異世界。確かに生まれには恵まれなかったけど、せっかくあの家から逃げ出せたんだもん、楽しまなきゃ損だ。

やってやろうじゃない。スキルを駆使して快適な異世界生活、送ってやる！

目を閉じると、頭の中にリストが浮かぶ。今朝、各部屋から根こそぎ頂戴した品々が『収納』にたっぷり入っている。最後だから遠慮はしなかった。小さな革かばんひとつの私に盗みの疑いが向くことはないしね。

お金になりそうな調度品や家具はもちろん、この世界の知識ツールとして必要な本も片っ端しから『収納』しておいた。

そういえば、『収納』は範囲指定ができるみたい。〝この場所にある物、全部収納〟みたいな感じで。

キッチンにある食べ物を『収納』している時に気づいたんだ。

ちまちま『収納』するのが面倒くさくなって、『全部一気に収納したい！』って叫んだら、なんとできちゃった。

結果、キッチンにある物は、食器、調理器具、食料、調味料に至るまで、すべてを頂戴することとなった。だから、今頃キッチンはすっからかんってわけ。きっとお父様たちはブチ切れる。昼食がお預けだったのに、そのうえ夕食まで、なんて……かわいそう。

さらに快適な空間を作るため、絨毯の横に天蓋つきのベッドとオイルランプを出した。森の中にぽっかりと現れた素敵空間。わお、メルヘン。

「今日からしばらくここが我が家になります。ベッドもあるし、食べ物もたーっくさんあります。心ゆくまで食べて、遊んで、眠って過ごすの。どう、素敵でしょ？」

私たちはベッドにダイブして遊んだ。お母様のキングサイズのベッドは、大きなハティが乗ってもまだスペースに余裕がある。

ところでお母様は、自分のベッドが消えたのを見つけたらどういう反応をするかしら。食料&調度品窃盗事件の犯人捜しはなかなか面白い光景になりそうなのに、見られないなんて残念。

その時、遠くの茂みが揺れた。現れたのは一角うさぎだ。ハティが勢いをつけて飛びかかっていく。今度も瞬殺だ。

「つよいね、ハティ！　きしみたい！」

ウィルが緑の瞳を輝かせて、戻ってきたハティに抱きつく。

騎士か。確かにハティは、私とウィルを守るナイトだね。

私は『収納』からお母様のネックレスを取り出してハティの首にかけた。チェーンが長いから、ハティの太い首でもつけることができた。大きなエメラルドの宝石が首元で光る。つやっぽい銀色の毛に反射してすごく綺麗《きれい》。

「ハティ、あなたを私たちの護衛騎士に任命します。『なんじ、常に我らと共にあり、我らにあだなす者を噛み砕き、邪悪なる魔物を倒さん』」

騎士の誓いの言葉って、いつか言ってみたい言葉ナンバーワンだったんだよね。ゾクゾク、厨二心が刺激される。

ハティは私の求めに応じるようにひと鳴きした。任せて！　とでも言っているのかな。

◆◇◆◇◆

翌日、私は馬鹿みたいに突っ立って、小枝を燃やす炎を見つめた。下ろした右手には分厚い本。これは、コーネットの屋敷からかっぱらってきた指南書。タイトルは『野営時に活躍する知識』。兵士に向けて書かれた本らしく、火の起こし方から、食べられるキノコやら果物まで、図解つきで細かく解説されている。まさに手とり足取りって感じ。この本を見ながら、今頃楽勝で火を起こしている……はずだった。だけど、実際に小枝に火をつけたのはハティ。小枝を前に途方に暮れる私を見かねて、ふぅと息を吹きかけてくれた。すると、簡単に火がついた。

「すごーい、ハティ。いいこ、いいこ」

って、ウィルは簡単に受け入れちゃっているけど、普通『犬』は火起こしなんてできないんだよ。ていうか、ハティは犬じゃなくて『フェンリル』だっけ。愛犬が謎生物すぎる。

「今の魔法？　ハティは魔法を使えるの？」

バウ、とハティが鳴く。すごいだろう、と言わんばかりだ。

魔物には魔法を使える個体がいるって本で読んだ。魔物を食べたハティは、もしかして、魔物になったのかな？

……あんまり深く考えないほうがよさそうだ。憶測だけで、ハティのことを怖がりたくない。

火の周囲3分の2くらいを石で覆って、大鍋をセット。たっぷりの具材を放り込んで、贅沢《ぜいたく》なシチューを作る。川の水はちょっと不安だから、屋敷でたっぷり『収納』してきた綺麗な井戸水を使う。レシピは前世の記憶から引き出した。実家がレストランという環境で育った私は、小さい頃からよく手伝いをさせられた。おかげで料理はけっこう得意なのだ。

手伝いたいとウィルがごねるので、キノコを手でちぎって鍋に投入する係に任命したら、嬉々としてやっていた。慎重にキノコを割く手つきが微笑ましくて、ずっと見ていられる……

とはいえ、ここは気を引き締めて。腹ペコなウィルのために、ちゃっちゃと作業を進める。

『収納』から取り出したテーブルにクロスをかけ、野花を飾ってかわいく整える。でき上がったシチューとパンを並べて、それから私たちは朝食としゃれこんだ。

「おいちーっ」

熱かったのか、舌足らずになるウィル。かわゆす。

初めてのシチューは、ウィルの大好物になった。濃厚な味付けがお気に召《め》したみたい。きらきらした目で「おかわり」攻撃を繰り返し、あっという間に鍋を空にした。

ハティにもおすそ分け。拠点にふらりと現れた魔物を10匹も飲み込んで、おなかいっぱいかもしれないけど、一応ね。

居間に飾ってあった大皿を『収納』から出して、それをお皿にした。

ウン百万する飾り皿？　知らないよ、そんなの。本来、皿は料理を盛るための品なのだ。正しい使い方をされて、この皿もきっと喜んでる。

お昼からは、森の探索に乗り出した。

せっかく〝魔の巣窟〟から逃げ出せたことだし、しばらくは夏休み気分を楽しんでいたいとこだけど、実際は、そうなまけてばかりもいられない。

「姉さま、これは？」

「うーん、たぶんそれは毒キノコだよ」

本を片手に見比べながら答える。

屋敷から持ってきた食料はまだ大量にある。だけど、無限じゃない。冬が来るまでの半年間は街へ出る危険を冒さず潜伏していたいけど、そうなると、今ある食料じゃ足りない。

そこで、私は早々に行動に出た。来《きた》る日の自給自足生活のために、こうして食材採取の練習をするのだ。

だけど、これがけっこう難しい。参考書があるし、って軽く考えていたけれど、まったく知識がない中で、イラストと実物を見比べながら食料を採取するのは大変な作業だ。毒でコロッと逝《い》きかねないキノコは、特に慎重な判断を要する。ここで『鑑定』さんが役に立つかと思いきや、
《キノコ》だけ。続く説明、なし。

「不親切かよ！」

そうして森の中をさまようこと4時間。成果、キノコふたつ。

——はぁ、先が思いやられる。

でもまあ、今すぐ食糧危機がやってくるわけじゃないし。これからだよ、これから。人間は成長する生き物なのです。

昼食をすっぽ抜かして（採集と、ウィルたちとのかけっこに夢中になってすっかり忘れてた）迎えた早めの夕食は、鉄板を出してのバーベキュー。もきゅもきゅと、美味しそうにお肉や野菜をほおばるウィルを見ていると、しっかりしなきゃと思う。

ウィルはまだ6歳。成長期まっただ中だ。たくさん食べさせて、立派に育てないと。一緒にいる私には、その義務がある。

いっぽうで、新たな問題が発生。というか、発覚？　私、どうやら血が苦手みたい。前世では、そうでもなかったはずなんだけど。それこそ、血もしたたるようなレアなお肉をほおばるハティを見て、くらくらした。これはまずい。獲物を捌《さば》けないと、新たな肉が得られない。解体方法は本に頼るとしても、度胸のほうは……

もきゅもきゅ、ウィルは幸せそうにお肉を口に運ぶ。

「……」

ウィルを大きくするため、姉さま、頑張るからね!!

そうするうちに、夜も深まり……

天蓋を外したベッドの上、私とウィルはハティを枕にして、満点の星空を見上げた。星座図鑑をランプで照らしながら、夜空に星座を探す。

屋敷を出てからというもの、ウィルは目に見えて元気になった。おどおどした態度はすっかり消え失せて、生き生きしている。

それでも、こんな無謀な旅に連れてきてよかったのかなぁ、と時々不安になる。

ウィルがいなければ、この潜伏生活はきっと味気ないものになっていた。結局、私はひとりで逃げ出すのが不安で寂しかったから、ウィルを連れてきたのだ。あのまま屋敷に置いておけば、少なくとも、凍えたり飢え死にしたりする心配はなかったのに。私のわがままのせいで、何かひどいことが起きてしまったらどうしよう。

「ウィル……家族と離れて寂しくない？」

「ぜんぜんさびしくないよ」

ぎゅーっと、ウィルは私の胸に抱きつく。

「それにね、ぼくのかぞくは姉さまだけだから」

ほんのり赤らめた頬がかわいい。

ふわふわの金髪に手を通すと、しっとり冷たくて気持ちよかった。

「私もウィルがいてくれるから、ぜんぜん寂しくない。すっごく幸せ」

「よかった。ずーっといっしょにいようね」

「うん」

ずーっと、ずーっと一緒に。私がウィルを守るんだ。

2章　スキル『安寧の地』

潜伏生活6日目。朝起きると、ハティがいなかった。少し遠くまで狩りに出かけているのかもしれない。

森でのサバイバル生活にもだいぶ慣れてきた。屋敷から盗んだ品々で過ごす快適生活をサバイバルと呼んでいいのかは別として、私たちはなかなかうまくやっていると思う。

——そういう気の緩《ゆる》みが、あの怪我《けが》に繋《つな》がったのかもしれない。

まだ眠っているウィルを起こさないように、そっと布団から抜け出して、私はいつものように朝食作りに取りかかった。

『収納』から卵2個とベーコンとチーズを取り出して、ミニオムレツを作る。

卵はビタミンやミネラルが豊富に含まれている貴重な栄養源だ。残り20個、大事に使っていこう、と先々の献立を考え始めた時だった。

《レベルアップ！　収納レベルが2になりました。容量300㎥を開放します》

ピコン、という音と共に、頭の中で声が響いた。

「レベルアップ……？」

うへぇ！　スキルって、成長するんですか。初めて知ったよ。

驚くのも無理はない。だって私、スキル初心者だし。本来あるべき教養も、養父がアレだったせいでないし。日々学習だ。

３００㎥っていうと、小学校のプールがそれくらいの体積だって聞いたことがある。そのぶん『収納』が広くなったってことかな。正直、これまでの容量でも特に不便はなかったから、ありがたみはあまり感じないけど。

ともかく、『レベルアップ』とやらをしたら、容量が増えるのね。

どうやったらレベルアップするんだろう。特に変わったことはしてないけど……使い続けたら、そのうちアップしていくシステム？

バターでベーコンをカリカリに焼いて、チーズを溶いた卵でくるんだところで、ウィルが目をこすりながら起きてきた。

「おはよう、ウィル。よく眠れた？」

「うん。おはよう、姉さま。あさごはんなぁに？」

起きたばっかりなのに、お腹がぐぅぐぅ鳴ってる。

くすりと笑う。わんぱくなお腹だなぁ。

「チーズオムレツと、野菜スープとくるみパンだよ」

「チーズオムレツ!!　わーい！　おなかすいた！　はやくたべたい」

この6日間の贅沢な食事で、すっかり舌が肥えてしまったウィルである。

ひとしきりジャンプし、きらっきらのお目々でオムレツができ上がるのを待っていた。

今日も天使なウィルを与えたもうた神に感謝して、合掌。

「いただきます！」

「はい、どうぞ」

例のごとくかわいくセットしたテーブルでごはんを食べ始めても、ハティは帰ってこなかった。いい匂いは、森まで届いているはずなのに。

ウィルにテーブルマナーを指導しながら、森のほうを見る。ハティがいないせいか、急に不安になってくる。いつもより森が静かな気がして、不安に拍車がかかっていく……

スープのいい匂いは、森まで届いている。それは本当だった。時々、拠点にふらりとやってくる魔物。彼らはただ迷い込んできたわけじゃなく、料理の匂いに誘われてやってきてたんだ。

ちょっと考えれば分かることなのに、私、馬鹿だった。

「きょうはもりにいかないの？」

「うん、案内役のハティがいないから」

朝食のあと、森に食材採取に出かけるのは決まった流れ。だけど、今は私たちを魔物から守ってくれるハティがいない。森には行かないほうがいいと判断した。

ここまではよかった。

「そのかわり、ジャムを作ろう！」

これがいけなかった。

しおれてきたいちごもジャムにすれば、保存の効く甘味に大変身。青空の下に作ったおままごとみたいな台所で、私たちは機嫌よく作業を進めた。

「ヘタを取って、こっちのカゴに入れてね」

「こう？」

「そうそう、じょうず！」

「えへへ〜」

鍋にヘタ取りの終了したいちごを入れて砂糖をまぶし、かるく潰《つぶ》しながら火にかける。

混ぜる係はウィルにやってもらう。

「んしょ、んしょ。わぁ、いいにおいしてきた！」

「ほんとだねぇ。美味しそうな匂い」

そう、美味しそうな匂い。

その時。

ガサゴソという音と共に、前方の茂みが割れた。

甘い匂いに誘われてやってきたのは、森の熊さん。ただし、絵本の１００倍凶悪な見た目の。

「ひゅっ」

冗談でなく、死を悟った。

◆◇◆◇◆

10m先には、頭に角が生えた巨大な熊。ハティはいない。さぁ、どうする。
……本当にどうしよう。
もしかしなくとも、その熊は魔物。つまり、普通の熊より凶暴で強い。
何か解決策を得たくて、わらにもすがる思いでした『鑑定』の結果は、
《ジャイアントベアー》
「知っとるわ！　大きい熊、ってまんまじゃんか！」
相変わらず役立たずな『鑑定』さんである。

と、その時にレベルアップのお知らせ。

《レベルアップ！　鑑定レベルが2になりました。説明文が1行追加されます》

苦し紛《まぎ》れに『鑑定』をもう一度かけると、
《ジャイアントベアー。非常に凶暴な肉食の魔物》と出た。

そんなことは見れば分かるよ、馬鹿ーっ！　めっちゃヨダレ垂らしてこっち見てるもん!!

頭の中はもう大パニック。熊に出くわした時の対処法を、必死に検索する。……ヒット。目を逸《そ》らさず、ゆっくり後退。私は敵じゃない、私は敵じゃない……

「姉さま……」

震えるウィルの声にハッとする。しっかりしなきゃ。ハティはいない。私が、ウィルを守るんだ。

一度心が決まれば、行動は早い。ウィルを抱き上げ、即座に後退する。小さなウィルの体は、だけどずっしり重く腰にきた。サバイバル生活を6日したくらいじゃあ、筋肉なんてつかない。引きこもり令嬢には『普通』への道のりすらまだ遠そうだ。

「私は敵じゃない。私は敵じゃない……」

しかし念仏も虚しく、ジャイアントベアーは一直線に突進してくる。

「きゃー!!」

奇跡的に避けるも、転んでしまう。ジャイアントベアーはすぐに体を反転させて襲いかかってくる。

ダメだ、今度は間に合わない。避けるも、やっぱりわずかに間に合わなくて、ジャイアントベアーの爪が腕をかすめた。

「いっ」

「姉さま!!」

「大丈夫、かすり傷だから」

「血でてる」

うん、けっこう血出てるね。かすり傷は無理があるか。あー、これは傷跡残るやつだなぁ。せっかく将来有望な妖艶美少女の体なのに。

もっとも、〝死を運ぶ鳥の君〟を好んで嫁にする男なんてめったにいないだろうし、この体は誰の目にも晒《さら》さないまま一生を終えるかもしれないけど。

現実逃避をしている間も、ジャイアントベアーは確実に迫ってくる。今度一撃を繰り出されたら、たぶん死ぬ。

ウィルも私も、地面に転がって泥だらけだ。震えて抱き合い、敵の攻撃を待つことしかできない。こんなの無理……。

いや、諦めちゃダメだ！　私だけじゃない、ウィルもいるんだから。ウィルには指一本触れさせない！

ジャイアントベアーが走ってくる。

「来るなー!!」

ウィルを抱きしめて、叫ぶ。

神様、仏様、何にすがったって、願いはたいてい聞き届けられない。これは19年間日本で生きてきた経験則。だけど、ここは異世界だ。こんな小娘の願いでも、聞き届けてくれる神様がいたっていい。

そして実際、どこかの優しい神様が協力してくれたらしい。

《スキル開放。スキル『安寧《あんねい》の地』を行使しますか？》

新しい『スキル』の通知が頭に響きわたった。

《行使しますか？》

何でもいい！　早く助けて！

《スキル『安寧の地』を行使します》

ジャイアントベアーが突進してきた。凄《すさ》まじい衝撃音。だけど、私とウィルは無事だ。

何が起こったのか分からない。ジャイアントベアーも分かっていない。頭を数度振りながら、ジャイアントベアーが再び私たちに襲いかかろうとするけれど、できない。見えない壁に阻止される。

そう、私たちの前には透明の壁がある。こちらから手を伸ばしても空気をつかむようで触れることはできないけれど、ジャイアントベアーの攻撃はアクリル板のように弾く。両者、呆然《ぼうぜん》と睨《にら》み合う。しかし、その時間も長くは続かなかった。

ガルルルル！

今まで聞いたこともないような恐ろしい咆哮《ほうこう》をあげて、銀色の巨大な狼がジャイアントベアーの喉元に噛みついた。ハティだ。

ハティが首をひねるようにあごを振ると、肉が削げて、ジャイアントベアーはあっけなく絶命した。ハティの2倍は大きな熊だったのに。一撃だ。ハティってば、めちゃくちゃ強い。

戦いを終え、勇ましく私たちのもとへ駆けてきたハティだったけど、私の腕の傷を見て、しゅんと耳が倒れた。ペロペロと傷口を舐められる。唾液が染みて、ちょっと痛い。ハティの不思議パワーで傷も治るかなって思ったけど、それはできないみたい。

申し訳なさそうに、くぅんと鳴くハティを撫でる。

「ありがとう、ハティ。お酒で消毒するから大丈夫よ」

「……すまん。治癒《ちゆ》の魔法は苦手なんだ」

「ううん、いいよ……って、え?」

今、どこからか、重低音なイケボが聞こえたよね。

ウィルを見る。周囲を見る。ハティを見る。

「ララ、大丈夫か?」

ララ、大丈夫か。そう、ハティの口が動くのをはっきりと見た。

灰色の双眼が、心配そうに私を見つめる。

「ハ、ハティがしゃべったー!!」

◆◇◆◇◆

《フェンリル。すべての獣の王であり、獣の神》
以上、『鑑定』さんより。
どうやらハティは、獣の神様だそうです。最強のはずだよね。保護した迷い犬は神様でした……って何それ! どこの少女漫画だよ! いやごめん、少女漫画にもこんな展開ないよ!
「やっと、口をきけるまでに魔力が回復したのだ。一時はどうなるかと思ったが。その節は助けてもらい、感謝している」

律儀な態度と精悍《せいかん》な見た目が相まって、なんだか『武士』って感じ。あと、無駄に重低音イケボ。

なんでも、ハティは何年も前に大怪我をして、力の大半を失っていたそう。そのために子犬の姿になって、ふらふら歩いているうちにコーネットの屋敷に迷い込んだとか。

魔物を食べていたのは、魔力を回復させるため。そして今、ハティの魔力は完全とは言えないまでも回復し、元の巨大な狼の姿に戻った。

「ハティ！　ちからがもどったからって、このままどこかへいっちゃうの？　いやだよ、ハティ。ぼくらといっしょにいてよ！」

ハティの首根っこにウィルがかじりつく。

「もちろん、どこにも行かん。俺はお前たちの『護衛騎士』だからな」

「ほんとう？　よかったぁ」

うわ、私、ノリで神様を護衛騎士にしちゃってたよ。バチ当たんないかな。怖いよ。

「ハティがいてくれたら、そりゃあ心強いけど……」

なんたって神様だし。

「無理しなくていいんだよ。神様を護衛騎士にするなんて畏《おそ》れ多いし……」

「なに、お前たちを一生護衛したって、悠久の時を生きる俺には一瞬にすぎぬ。遠慮はいらん。

俺を側に置いておけ。護衛としてはこれ以上ないほど最強だぞ？　……いや、今回は間に合わなかったが。守れなくてすまなかった」

おお、ハティがなんかイケメンだ。狼だけど。イケ狼だ。

神様がここまで言ってくれているのだ。断るほうが失礼かもしれない。

「分かった。じゃあ、これからもよろしくね。私たちの護衛騎士さん」

「任せとけ」

ピコン、と頭に音が響く。

《獣神の加護を得ました。スキル、体力∞（無限）を習得しました》

「あの……ハティ？　獣神の加護って何？」

「ああ、お前たちは俺の保護下に入ったからな。力を少し分け与えた」

「ウィルにも？　『体力∞』って……」

「これからは何をしても疲れない体になる！」

何それ、めちゃくちゃ強いじゃん……

森での生活が、ますます楽になりそうだね！

でもさ。それ、女の子にはあまりかわいくないスキルなんじゃないかな。

ただでさえ黒髪黒目のハンデを負っているのに、ますます嫁のもらい手が……

森には危険がいっぱいだ。今回みたいにジャイアントベアーが出たら、疲れず逃げ回れるスキル『体力∞』はありがたい。背に腹は変えられぬ。これも生き抜くためじゃー!!

それより気になるのは、さっき突然発動した新しいスキル『安寧の地』。

よく見れば、今も私たちの半径5ｍを透明のドームが覆っている。シャボン玉みたいに、時々虹色に光るドームの壁。

そして……

ドームの中心には小さな掘っ立て小屋が出現している。薄い木の板でできた4畳くらいの狭い小屋だけど、屋根もドアもあって、雨風は凌《しの》げそう。

これってやっぱり、スキル『安寧の地』の副産物だよね。全体的によく分からないスキルだけど……

「スキル『安寧の地』？　聞いたこともないな」

ハティも知らないみたい。

名前からして、このスキルで発動したドームの中は〝絶対安全の地〟になるのかもしれない。魔物や肉食獣や、私たちにあだなす者は絶対に侵入できない。……もしそうなら、すごいスキルじゃない？

このドームの中なら無防備に眠りこけても大丈夫、ってことだもん。いや、今までも警戒は護衛のハティ任せで無防備に眠りこけてたけども。

ハティだって、心安らかに寝こけられるようになるね！

「ところで、この美味そうな匂いは何だ？」

スンスンとハティが鼻を鳴らす。

「ジャムだよ。食べる？」

「うむ！」

「ぼくもてつだったんだよー！」

「おお、そうか。それはすごいな」

辺りにはジャムの甘い匂いが充満している。ジャイアントベアーもこの匂いに誘われてやってきた。ハティがいない時は気をつけよう。ひとつ学んだ。代償の大きな学びだったけど。

腕の怪我は、屋敷から盗ってきたお父様のウイスキーで消毒して包帯を巻いた。ウイスキーはアルコール濃度が高いし、うまく消毒できればと思った。でも、この処置は間違いだったと、あとから知った。

翌日、私は高熱で倒れた。

3章　植物の女神

最初は、何の問題もなかった。体はいたって健康、気分は上々。日課の食材採取に夢中になっていると、傷の痛みも忘れたくらいだ。

《カエンタケ。３gで致死量に至る毒キノコ》

《ヒラタケ。珍味として有名な食用キノコ》

《タマゴテングダケ。『毒キノコ御三家』と呼ばれる強力な毒キノコ》

レベルアップした『鑑定』さんは、一味違う。キノコの名前から、毒性まで分かっちゃう。

おかげで、採取作業がはかどる、はかどる！　役立たずなんて言ってゴメンね。

たった1時間でカゴがいっぱいになった。

《グミの実。熟せば美味しく食べられる》も発見！

赤くて細長いさくらんぼみたいな実。この世界にもあるんだ。懐かしいなぁ。前世では小さい頃、近所のグミの木に登って実を摘《つ》んで食べたっけ。

木に登ろうとしてみたけど、無理だった。『体力∞』は、筋力まではプレゼントしてくれないらしい。がっくり。

いっぽう、ウィルはすいすい登って、楽勝にグミの実をゲット。木の上から落として、ハティにあげている。ハティは口でキャッチしてもしゃもしゃ。

楽しそうなハティを見ていると、ふとあることに思い至った。

「ねぇ、ハティ。『ハティ』っていう名前、私が勝手につけて呼んでるわけだけど、それでいいの？　本当の名前がほかにあるんじゃない？」

「ああ、別にいい」

うむ、今日も無駄に重低音イケボだな。ハティを擬人化したら、きっとワイルドな超絶美形だろう。妄想がはかどる。

「昔の名前は忘れてしまった。もともと、名前で呼ばれること自体が少なかったからな。皆、俺のことは『フェンリル』や『獣神』と呼ぶ」

「ハティ、おっきいのとれたー！」

木の上からウィルが手を振る。ああ、とハティが稲穂のようなしっぽを振って応える。

「ちなみに、『ハティ』の由来は何だ？」

「絵本に出てくる、月を食べる狼の名前なの」

「月を食べる狼、か。面白い」

内輪のジョークを楽しむようにハティが含み笑う。

この世界の月は常に欠けている。

もしかして、月を食べる狼の伝説はハティが作ったものだったりして。なんたって、悠久の時を生きる神様だから。

『ハティ』の名は気に入っている。今後もそう呼べ」

分かった。そう答えたと思った。だけど口が重くて、次の瞬間、視界が反転した。あら?と思った時には地面に突っ伏していた。

「ララ!」

「姉さま!」

ふたりの声が、遠くで聞こえる。その時になって、初めて傷口が熱を持っていることに気づいた。机の角でぶつけたみたいに、鈍い痛みが徐々に鋭く広がっていく。

◆◇◆◇◆

スキル『安寧の地』に出現した透明のドームと小屋は、一日経っても消えなかった。雨の日に避難できるように、小屋の中も一応住居としての体裁は整えてある。絨毯を敷いて、キングサイズのベッドは入らないから、私が屋敷で使っていたシングルベッドを入れて。まさか、その翌日に雨が降り、そして、私がそのベッドを使う第一号になるなんて。

荒い呼吸音がする。うるさいな、と思ったら、私の肺の音だった。それから、屋根を叩く雨の音がする。古そうに見える掘っ立て小屋だけど、懸念していた雨漏りは一切なかった。ジャイアントベアーを阻んだドームも、雨の侵入は許す。私が敵認定してないからかも。

外に出しっぱなしの台所用品が気になるところだけど、ハティ、小屋に入れてくれたかな。目は開けられないし、声も出ないので、確かめることができない。

ベッドに重みが加わったかと思うと、温かく湿ったものが頬を撫でた。ハティが舌で舐めたんだ。

「熱がある」

――うっそぉ。サイアク。

きっと、ジャイアントベアーから受けた傷のせいだ。

ウィルのすすり泣きが聞こえる。見なくても分かった。かわいい顔が苦しげに歪んでいる。亡くなった実母の病床を思い出しているのかもしれない。

ウィル、泣かないで。ごめんね、不安になるよね。

こうなる前に、もっとできることがあったはずなのに。自分が情けなくて、涙が出た。

「……ウィル！　そこのタオルと水を持ってこい！」

「うん!」

周囲でふたりが慌ただしく動き回る気配がした。

そこから何度か目を覚ましたような気がするけど、記憶があいまいだ。半分、夢でも見てたみたい。綺麗な男の人が額のタオルを替えてくれた気がするけど、あり得ないくらいの美貌だったし、あんな人が現実にいるはずないから、きっと夢の中の出来事だろうと思う。

はっきりと目を覚ました時、側にはウィルがいて、ハティの姿はなかった。

テーブルの上に、『収納』から出した覚えのないパンとスープと果物が載っている。ウィルの食事を気にして無意識で出したのかな。

「ウィル、ハティは?」

「くすりとりにいくって」

「薬……?」

取りに行くって、どこに行っているんだろう。森に薬草採取にでも行っているのかな。

まだ熱っぽくて体がだるい。お医者様を呼ぶわけにもいかないし、薬草でも何でも使って自力で治すしかない。ウィルに心配させないよう、できるだけ早く。

そう思って薬草の本を『収納』から取り出したのに、ウィルに取り上げられてしまった。

「だめだよ、姉さま。ごほんよまずにねむるの」

そうだね、眠らなきゃ。視界がぼやけてるもん。スキル『体力∞』の回復力に期待しよう。眠っている間にどうにか細菌をやっつけてくれますように……

「今戻った！　ララは？」

一陣の風と共に、白銀の狼が小屋に入ってくる。

「今ねむったの」

「そうか」

ハティの後ろに、全身が黄緑色の綺麗な女の人がいる気がする。誰だろう。……ああ、また夢を見てるんだ、きっと……

◆◇◆◇◆

前世のママとパパがいて、食卓を囲んでて、そうそう、夢っていうのは、こういうのを言うんだ。みんな笑顔で、幸せで。だけど、何かがおかしい。

『姉さま！』

そうだ、ウィルがいない！

夢の世界からはじき出されるようにして、私は目を覚ました。

「おはよう、姉さま。よくねむれた？」

ウィルの顔がすぐ近くにあって、胸が熱くなった。そのセリフ、いつも私が言っているやつだね。真似かな。かわいい。かわいい……この表情、夢の中では思い出せなかった。

「ウィル……」

ぎゅうと、小さな体を抱きしめる。腕が震えた。ウィルの手前、気丈に振る舞っていたけど、私、怖かったんだ。

——よかった。死なずに済んだ。また、ウィルをひとりぼっちにしてしまうところだった。

くんか、くんか。ミルクのようないい匂い。はぁ、落ち着く。

ウィルはくすぐったそうに身をよじるけど、離してあげない。

「ララ、腕はどうだ？　まだ痛むか？」

あれ、ハティだ。帰ってきてたんだね。

腕……？　そういえば、まったく痛みがない。

包帯をほどいてびっくりした。傷が、跡形もなく消えてる……！

「どうして、これ、え？」

「こいつに治癒魔法をかけてもらった」

こいつ……？

ハティが後ろを振り向く。あ、この人、夢で見た綺麗な女の人だ……！

床までつきそうな深緑の髪に、黄緑のシンプルなドレス。肌も少し黄緑がかっている。目の覚めるような美人だ。ホントに目が覚めた。頭が、一気にクリアに。

涼しげな緑の双眼が優しく細められる。

「この犬ったら、青い顔してわたしのところへ駆けこんでくるんだもの。びっくりしちゃったわぁ」

「余計なことを言うな。その喉を噛み切るぞ」

うふふ、と女の人が笑う。

ハティとは気安い関係のようだ。

「あの……」

「あら、ごめんなさい。わたしは木の精霊。そこの獣神に頼まれて、あなたを治療しに来ました」

《ドライアド。植物の王にして、植物の神》

植物の神様、キター!!

ほぼ無意識に『鑑定』さんを発動させてしまった私は、慌てて頭を下げた。

「な、治してくださってありがとうございました！」

「いいのよ」

そんな気はしてたけど、獣の神様がいるなら、植物の神様もいるよね。だったらやっぱり、人間の神様も……

私にスキル『安寧の地』をくれた神様は、人間の神様だって、私は睨《にら》んでる。

それより、とドライアドのお姉さんがぐっと顔を近づけてきた。驚いた。綺麗な顔って迫力がすごい。

「ララちゃん、あなた、わたしを側に置かない？」

「へ？」

「おい、調子に乗るなよ！」

ハティがすかさず噛み付く。物理的にじゃなくて、態度的な意味で。

「だって、アンタばっかりずるいわよぅ。こんな楽しそうな子たち、放っておけないわ！ね、お願いララちゃん。わたしを側に置いて。わたしは役に立つわよ。わたしの保護下に入ればね――」

こんないいことがいるのよ！とドライアドのお姉さんは力説してくるけど、いまいちピンと来ない。

ていうか、なんかコレ、既視感が……

ハティが私たちの護衛騎士になるって言った時も、こんなやり取りがあった気がする。

神様、自分のこと安売りしすぎだよ。ひとりの人間だけに肩入れしちゃっていいわけ？　ひとりじゃなくて、私と、ウィルのふたりか。

「――それにね、わたしの保護下に入れば、スキル『植物創造レベルＭＡＸ』をプレゼントしちゃうわよ！　なんと、植物を作りまくれるようになるの！　お野菜も、果物も、木の実も、薬草だって、何でもあり！」

何ですと⁉

も、もしかして、それって……

これからは、森をさまよわなくても、いつでも食料が手に入るようになるってこと⁉

ウィルにもっとたくさん食べさせてあげられる！

素晴らしきかな、スキル『植物創造レベルＭＡＸ』！

「乗った‼　どうか、私を保護下に入れてください‼」

ジト目で睨んでくるハティのことは見ないようにする。だって、こんなの乗らなきゃ損じゃん！　美味しすぎる話だもん！

神様のえこひいきな肩入れ、バンザイ！

「ぼ、ぼくもー！」

仲間外れにされた気がしたのか、ウィルが慌てて声をあげた。

「いいわよ。じゃあ、ララちゃんには『植物創造レベルMAX』を、ウィルくんには『真実の目レベルMAX』をあげるわ。使い方はね、ふふ、お楽しみに。あとで教えてあげる」

こうして私とウィルは、植物の神様の保護下に入った。

《植物の神の加護を得ました。スキル『植物創造レベルMAX』を習得しました》

怪我はしたけど、結果オーライ。これぞ、雨降って地固まる？

自分たちを『鑑定』するのは、これが初めてだった。そこで、衝撃的な事実が明らかになる。
《ララ・コーネット。スキル：『鑑定レベル2』『収納レベル2』『安寧の地』『体力∞』『植物創造レベルMAX』》
《ウィル・コーネット。スキル：『剣聖』『体力∞』『真実の目レベルMAX』》
ウィルのスキル『剣聖』って、これ、まさか。

◆◇◆◇◆

7歳の『判定式』で明らかになるスキルの有無。今6歳のウィルは、当然、まだこの通過儀礼を済ませていない。だけど、私の『鑑定』により、フライングでスキルの保有者であることが分かってしまった。

スキルとは、神様からの贈り物。その種類によってはとても強力な、そう、まさしく人外並みの力が得られる。中でも重要視されるのが、戦時に役立つ力。

たとえば、我がコーネット家には代々『剣聖』という称号を持つ者が現れる。センス任せの独自の剣技で、他を圧倒する。戦場では独り勝ち。一騎当千の将。お祖父様がそうだった。

だけど今、コーネットに『剣聖』の称号を持つ者はいない。次の『剣聖』を得る者として可能性が一番高いのは、お祖父様が亡くなったあとに生まれたウィル。私はそう考えていたけれど、両親も兄のギドも、それを認めていなかった。特にお母様は、正妻の自分こそが『剣聖』を生むのだと、いまだに子作りに励んでいたくらいだ。

でも、『剣聖』に選ばれたのはウィル。神に認められた力を持つウィルは、コーネット家の跡取りにだってなれる。

「ぼく、あととりになんてなりたくないよ！　えらそうなきぞくなんてきらい！　姉さまといっしょにいたい」

私はウィルにそのことを伝えた。跡取りになれるのだから、コーネットに帰ったほうがいいとすら言った。こんな不安定な生活より、貴族として将来を約束されたほうが幸せに決まっているって。でも、私が間違ってた。

「やだよ。ひとりにしないで」

傷ついた顔をしたウィルは、たちまち泣き出してしまった。

「ごめん。ごめんね、ウィル。もう帰ったほうがいいなんて言わないから。ていうか、そんなこと、本当はこれっぽっちも思ってない。だって、姉さまもウィルと一緒にいたいんだもん」

私はウィルをきつく抱きしめた。

いつか、ウィルが『剣聖』であることをコーネットが知ったら、なんとしてもウィルを連れ戻そうとするかもしれない。でも、渡さない。コーネット伯爵家から『剣聖』の血筋が途絶えるとしても、それは、ウィルをないがしろにした報いだ。『剣聖』がいないせいでコーネット家の政治的な発言力が弱まろうが、知ったことじゃない。

◆◇◆◇◆

「ララちゃんに力を分け与えてよかったわ……その選択をした昨日のわたしを褒めてあげたい……グッジョブよ……」

ドライアドのお姉さんは、100年前から私たちの一員だったみたいに、もうすっかりなじんでる。今は青空の下に出したダイニングテーブルで、『マンゴー』を美味しそうにほおばっているところ。このマンゴー、実はスキル『植物創造レベルＭＡＸ』で作ったもの。何ができるか、さっそく試してみて驚いた。このスキル、何がすごいかって、この世界にない食べ物を、前世の記憶をもとに作り出すことができるのだ！

たとえばこの『スイカ』。この世界にはないらしい。

『鑑定』さんによれば、《スイカ。この世界にはない地球の果物》と出たので間違いない。

スキル『安寧の地』により出現したドームの中、掘っ立て小屋の脇に作った小さな畑。そこで、次々に植物を作り出す。

スキル『植物創造レベルＭＡＸ』の使い方は簡単。土に向かって、創造したい植物を念じるだけ。

「『スイカ』！」

すると、緑のツルがにょきにょき生えてきて、小さな緑の実をつける。その実はみるみるふくらんで、顔よりも大きなスイカを実らせる。ここまでわずか10秒。

感動で涙が出そう。これからは、地球産の品種改良されまくった美味しい野菜や果物をウィルにたくさん食べさせてあげられる。当然、ドライアドのお姉さんに対するリスペクトはうなぎのぼり。

いっぽうで、ハティはこの状況に少し不満を感じているようだった。

物言いたげに、私をじっとり睨んでくる。

……いや、うん、ハティがくれたスキル『体力∞』も役立ってるよ。おかげで畑仕事をしても、まったく疲れないし。

「ぼく、これすき。すっぱいのに、とってもあまいよ」

ウィルが食べているのは『パイナップル』だ。信じられないくらい甘くてみずみずしいって有名な沖縄県産のゴールドバレル（黄金の樽）っていう品種。ウィルの反応を見て気になったのか、お姉さんはパイナップルを横取りし始めた。なんというか、神様っぽくないな、このお姉さん。だからこそ、私たちに早くなじめるのかも。

そういえば、と私は聞いた。

「ドライアドのお姉さん、名前なんていうの？」

いつまでもドライアドのお姉さんじゃ、呼びにくいからね。

「そうねぇ、わたしの名前は人間には発音しにくいのよね。あ、そうだわ、『ハティ』みたいにわたしにも何か名前をくれる？」

「そんなに簡単に、いいの？」

「ええ」

名前っていうのはその人を形作るアイデンティティだ。なのに、簡単に名づけさせるなんて。ちょっと面食らう。

地球でも、神様の名前って一柱に対してたくさんあったし、色々な名前で呼ばれるのは慣れているのかも。

私は彼女に『イヴ』という名前をあげた。例により、絵本に出てきた木の精霊から取った。

「イヴ。いいわ、イヴね」

こうして4人での生活が始まったわけだけど、4畳の掘っ立て小屋での共同生活はさすがに狭い。どうしたものかと頭を悩ませていた時だった。例の声が響いた。

《レベルアップ！　『安寧の地』レベルが2になりました。『掘っ立て小屋』が『簡易ログハウス』に変更されます》

「え……？」

事態を飲み込めない私の前で、きらきらと輝く掘っ立て小屋。光が消えると、立派なログハウスが現れた。驚きに目をみはる。

おそるおそる室内に入ると、中は何の仕切りもない12畳ほどの空間だった。

レベルが上がれば、この建物は進化するんだ。その事実に気づいて、ざわっと鳥肌が立った。レベル2で、ずいぶん立派な『家』が建った。じゃあ、レベル3になったら？　4は？

レベルの上限は分からないけど、期待がふくらむ。

そのうち、キッチンやトイレやお風呂もできたりして。

特にトイレは真っ先に解決したい問題だ。今は……ええっと、森で穴を掘ってしているから。

そろそろ乙女の尊厳が死にそうです。

「これ、あなたのスキルだったのね。初めて見るタイプのスキルだわ。誰があげたのかしら」

イヴにとっても、『安寧の地』は謎スキルのようだ。まあ、誰がくれたにしても、その神様はすっごく気が利くってことは確か。12畳もあれば、4人でも広々暮らせる。

絨毯を敷いて、ベッドを出して、窓にはカーテンを。それから、ミニテーブルと椅子3脚を出して、クロスをかけてかわいくセッティング。ソファも出して、オイルランプを隅に2つ置けば……

高級感あふれるお部屋に様変わり！　まるで、お金持ちの別荘だ。

ベッドがだいぶ幅を取るので、若干きゅうくつだけど、そこは目をつむるとして。

さっそく思い思いにくつろぐみんなを見ていると、ほっとした。

思いがけず手に入れたログハウスは、心休まる我が家になった。

敵を阻むドームに覆われた小さなログハウス。

ここは『安寧の地』。この場所へ逃げ込みさえすれば、もう誰も私たちを害せない。

屋敷から持ってきた生肉が、そろそろヤバそう。てことで、保存のきく燻製《くんせい》肉にジョブチェンジさせることにした。

昨日の晩に塩漬けしておいたお肉――ちゃんとハーブも使って漬けてたから、水分と一緒に臭みも抜けているはず――を持って川に行く。流水に浸けて塩抜きするのだ。

ウィルは川遊びができると聞いて大喜び。ふたりでハティの背にまたがって、森の中をずんずん進んでいく。

◆◇◆◇◆

イヴはお留守番。だからか、ハティは上機嫌だ。このふたりは、あまり仲よくないらしい。というか、ハティがイヴをけむたがっている。たぶん、ヤキモチ。私とウィルを取られた気がして、ハティは寂しいんだ。平気そうな顔しているけど、バレバレ。

だから今日は、たっぷり甘えてあげるって決めてるんだ。もう嫌ってくらい。手始めに背中をぎゅーってして、はしゃいで見せる。

「こら、暴れると落ちるぞ」

「はーい」

より綺麗な水源を求めて上流へ向かうと、信じられないくらい美しい場所に出た。

「わぁ、滝もあるし、マイナスイオンがすごい！」

水の透明度が高くて、川の底がはっきり見て取れるほど。

《川の水。水質良好》

うん、ここなら塩抜きにぴったりだね。

塩抜きには4、5時間ほどかかる。お昼すぎまでかかるから、お弁当を作って『収納』してきた。今日は川辺でピクニックだ。ついでに、水浴びと、汚れ物の洗濯もする。


あらかた仕事を終え、私は木陰で休憩することにした。さっきまでウィルと遊んでいたハティも、私の隣で休んでいる。ウィルはまた川遊びに夢中。スキル『体力∞』のおかげで疲れ知らずなので、いつまでも遊び続けられる。

「何を作っているのだ？」

目を閉じたまま、ハティが聞いた。

「花冠《はなかんむり》」

私は手持ち無沙汰で、側にたくさん生えてた《ナツメ草》で花冠を作っているところだった。

前世では小さい頃、妹によく作ってあげていた。唐突に思い出す。そっか、私には妹がいたんだった。元気かな、あの子。

「ララは時々、寂しそうな顔をするな」

「そう？」

「魂に残る記憶故か」

え――？

ドキリとした。

「私に前世の記憶があるって、知ってるの？」

「俺も神の一柱だ。それくらい、魂を見れば分かる」

「そう、なんだ……」

なんだか落ち着かない。嘘がバレた時みたいな、罪悪感がこみ上げてくる。

「気にすることはない。たまにあることだ」

「――私、どうしてこの世界に生まれ変わったのかな」

ずっと胸にくすぶっていた疑問。私は特に、神様に使命を持たされてこの世界に来たわけじゃない、と思う。神様に会って何か頼まれた記憶なんてないし。特別な能力は何もない、〝死を運ぶ鳥〟と、ただ疎まれるだけの女の子として生を受けた。……今は謎スキルのおかげで特別な能力が付加されてはいるけれど、それだって、たまたまで。

「ララはこの世界が嫌いか？」

「ううん、好きだよ。珍しいものがたくさんあって楽しい」

「ならばよいではないか。俺はララがこの世界に来てくれて嬉しい。お前の側にいると楽しいからな」

まっすぐな言葉が、ちょっぴり照れ臭い。

「あはは、なんか不思議だなぁ。私が元いた世界では、神様と人間の距離はこんなに近くなかったんだよ」

「そうか。それはつまらんな」

「うん」

ぽす、とハティのお腹に抱きつく。白銀の毛並みはふわふわで、温かくて眠たくなる。

「ハティ、大好き。ハティが人間の男の人だったらよかったのに。そしたら、私の旦那様になってほしかった」

「俺が人間の男だと、嫁に来てくれるのか」

「うん。私、ハティのお嫁さんに……なる、よ……」

眠気が限界に達して、私はすやすや眠りに落ちていった。まさかこの約束が、後々私を困らせることになるなんて、まったく知らずに。

ハッと目が覚め、体を起こすと、何かが頭から落ちた。花冠だ。私が作ったものじゃない。色とりどりの花で作られた冠。

「姉さまおきた！」

「これ、ウィルが作ってくれたの？」

「うん！　姉さま、おひめさまみたいできれいだったよ」

綺麗、か。真っ黒な色彩を持つ私のことを、そう言ってくれるのはウィルくらいだね。それにしても、この花冠、よくできてるな。作り方を教えた覚えはないけど、私が作った花冠を参考にしたのかな。

ウィルの器用さには、最近よく驚かされる。何をやっても、上手にそつなくこなすのだ。勉強の覚えも早いし、ハティに乗るのも、木登りも上手。ひいき目を抜きにしても、よくできる子なのが分かる。顔もかわいい。将来どうなってしまうの。

「そうだ、お弁当！　ごめんね、私が寝てたから。お腹空いたでしょ」

「ううん、ハティがきのみくれたからだいじょうぶだったよ！」

「ありがとう、ハティ。お弁当みんなで食べよう」

「わー！　サンドイッチだ！」

「ちゃんと手を洗ってからね」

「はーい」

「俺が川に連れて行こう」

「お願い、ハティ」

慌ただしくお昼ごはんを並べる。ハティに話を聞いてもらったからかな、すごくすっきりしてるし、心が軽い。

私のことをちゃんと知ってくれている人がいると、気持ちがぜんぜん違うんだね。

誰が、どうして私をこの世界に転生させたのか分からないけど、別に深い意味はないのかもしれない。悩むだけ無駄かも。

「姉さま？」

戻ってきたウィルが、きょとんと首を傾《かし》げる。あ、危ない。心の準備なしに上目遣いを食らったせいで過呼吸になりかけた。胸を押さえてぷるぷる震えていると……

「ぎゅー、する？」

手を広げて待ち構えるウィル。

します！　します！　ぎゅーします！

「ぎゅーっ！」

「きゃはは、くすぐったいよ」

ふいに、分かった気がした。たぶん私は、ウィルと出会うためにこの世界に生まれ変わったんだ。あの家からウィルを救い出して、幸せな環境で育てるために。

4章　薬師アロン

地図にはただ「町」とだけ記された、名もなき町。そこは、あまり発展しているとは言い難い田舎町だった。

ぽつん、ぽつん、と木造の簡素な家が乱雑に建ち並び、道らしきものはあるけれど、土がむき出しで舗装はされていない。

いつかテレビで見た『ヨーロッパ』の田舎町みたいな風景だと思った。

ヨーロッパ旅行。憧れてたけど、結局行けずじまいだった。その夢が今叶《かな》ったみたいで、ちょっとワクワクする。

「いこ、姉さま」

ウィルに手を引かれ、私たちは町の中を進んでいった。『収納』から取り出したカゴを、左手にしっかり握って。その中身は、たっぷりの薬草だ。

潜伏生活を始めて3週間。町へ出るのは、今回が初めて。正直、まだちょっと早い気もするけど、そうも言っていられない事情がある。

パンがない。それから、卵と、牛乳と、チーズと、生肉（ハティが捕まえてきてくれる獣を、ついに私は捌けなかった。頑張ったけど、度々気絶して……）も。

スキル『植物創造レベルMAX』で、野菜や果物は作り出せるけれど、ウィルを丈夫に育てるためには、たんぱく質が圧倒的に足りない。悩んだ末、私は町へ買い出しに行く決心をした。

と言っても、今の私は無一文。食材を買うためのお金を、まず稼がないといけない。

ここでもスキル『植物創造レベルMAX』が役に立った。最初は屋敷から盗んだ品物を売ろうと思ったけど、これはあまりに危険。明らかに高級な品々は、みすぼらしい子どもには不釣り合いすぎる。どこから仕入れたのかと、最悪、すぐに盗品であると疑われるかもしれない。

でも、薬草を売るなら？　子どものお小遣い稼ぎ程度に見られて、きっと目立たないはず。

しかも私の場合はスキルで創造した薬草なので、原価ゼロ、労力もゼロ、利益は100％のうはうは商売ができてしまうのだ。わっはっは！

いつも着ている黒ワンピの上から、ミニハットとローブを身に着けて、変装完了。

髪と目はしっかり隠す。ちょっと怪しい見た目な気もするけど、容姿を人目に晒すわけにはいかない。

ウィルを連れて行く決心をするまでにも、ずいぶん悩んだ。

コーネットが捜索隊に探らせているとしたら、『14歳くらいの女の子と6歳くらいの男の子の2人組』の情報だと思う。私たちはなるべく一緒に行動しないほうがいい。でも、ウィルはどうしても一緒に行きたがる。

「何かあれば俺が対処する。心配ない」

送迎係のハティは、町をパニックに陥れないため、近くの森で待機となる。それでも緊急事態には駆けつけてくれるなら、心強い。それから、イヴの言葉も後押しになった。

「スキル『真実の目レベルＭＡＸ』が、きっとあなたたちを守ってくれるわ」

この先に待ち受ける展開が、イヴには分かっていたのかもしれない。なんたって、『真実の目レベルＭＡＸ』をウィルに与えたのは、ほかでもないイヴだから。


ウィルはキョロキョロと、しきりに周囲をうかがっている。見るものすべてが目新しく、気になるご様子。

コーネットの屋敷に閉じ込められていた私たちにとって、この町は初めて見る平民の生活区域だ。大声をあげて笑い合うおばさんたちや、荒い言葉で客引きをするおじさんなんて、貴族の屋敷ではまず見ない。

「いいにおいがする」

「ほんとだね」

屋台のほうから、甘ダレの匂いに混じって肉の焼ける匂いがする。じゅわ、と口の中で唾液が広がった。

「おっと」

ふらふらどこかへ行こうとするウィルを慌てて捕まえる。

「あとで食べようね」

「うん！」

きらきら笑顔が今日も眩《まぶ》しい。

いっぱい薬草を売って、いっぱい稼いで、ウィルにお腹いっぱい屋台飯を食べさせてあげよう。

しばらく歩くと、ひときわ賑わっている場所に出た。たぶん、ここが町の中心的な『市場』なのだと思う。

赤い果物が積み上げられたワゴンの前で、おじさんが客引きをしている。地面に敷物を敷いて、何やら並べて商売をしている人もたくさんいる。その列に連なって、私も絨毯を敷いた。それから、拠点で作ってきた看板を立てかける。看板には「薬草」と書いてある。

問題は値段。いくらで売るのが正しいのか。果物ひとつの相場すら知らない私には判断がつかない。

一応、市場を見て回った感じだと、リンゴっぽい果物がひとつ銅貨1枚だった。１００円くらいかな？　って推測しているけど、どうだろう。参考にできそうな薬草店は1店も見当たらなかった。

「お婆さん、何売っているんだい？」

看板を出してすぐ、隣で商売しているおばさんに話しかけられた。聞き間違えじゃなければ「お婆さん」って呼ばれた。

「薬草です」

私、まだ、14歳なんですけど。

お婆さんと呼ばれたのが不満で、私は少し不機嫌に答えた。

「こりゃ驚いた。その声、まだ若いお嬢さんじゃないか」

そうですよ、ピッチピチのお嬢さんですよ。と満足してから気づく。

あれ、これ、勘違いされたまま「お婆さん」を演じたほうがよかったんじゃ……？

謎の「お婆さん」として商売すれば、コーネットに私の居場所がバレるリスクが減る。だって、「お婆さん」が14歳の「ララ・コーネット」と結びつくわけないもん。

でも、もう遅い。

「半分しか見えてないけど、綺麗なお顔だねぇ。どうして目元を隠しているんだい？」

「ひ、ひどい火傷のあとがあって……それを隠しているんです」

なんてうそぶき、瞬時に罪悪感にさいなまれる。おばさんが悲痛な面持ちになったからだ。顔がかっと熱くなって、今すぐ逃げ出したくなった。けれど、おばさんの声で我に返る。

「エンゲル草かい。こりゃいい、煎じて飲めば腰痛に効くんだよねぇ。一束もらおう。銅貨2枚でどうだい？」

そうだ、私、ここに商売しに来たんだから、恥ずかしがっている場合じゃない。

「いいですよ。どうぞ！　どうぞ！」

「お嬢ちゃんも、お手伝いしてえらいね」

おばさんに褒められ、恥ずかしそうにはにかむウィル。

妹なんです～、と私はすかさず紹介した。

そう、今日のウィルは私の妹。少しでも私たちの正体を誤魔化《ごまか》すために、女装させたのだ。といっても、特別なことはほとんどしてない。もともとかわいい顔だから、私のワンピースを着せて、長めの金髪を2つ結びに。それだけで、どこからどう見ても女の子だ。

そこからは、怒涛《どとう》の勢いで売れていった。商品を渡して、お金をもらって、私とウィルはてんてこまい。どの薬草も値段はお客さんの言い値。みんな普通に買っていくし、たぶん相場で売れてるんだろうと判断した。

3時間ほどの商売で、薬草の売上げは銅貨33枚。たぶん、3300円くらいかな？　時給1000円ちょい、いい稼ぎだと思う。思わず顔がにやける。

うまくいっていると思った。だけど、それはまやかしにすぎなかった。わずか数分後、私は自己嫌悪に沈むことになる。

◆◇◆◇◆

「お嬢さん」

「はい！」

営業スマイルで見上げて、びっくり。

ものすごいイケメンが私に笑いかけていた。

青い目に、知的なメガネがよく似合う大人な感じのお兄さん。ひとつに結んだ灰色の長髪を左肩に垂らしている。濃紺の上等なローブを身にまとっているし、お金持ちっぽい。

上客の予感！

「向こうで少し、お話しない？」

と思ったら、まさかのナンパだった。うげぇ。

しかし、よくこんな、顔の下半分しか見えない怪しい女を口説こうと思うよな。しかも子連れ。ある意味、勇者だ。

「あー……、勘違いさせちゃったかな。ナンパじゃないよ。私は商談がしたいだけなんだ」

え？　そうなの？

「君が持っている薬草、あるだけ全部買い取りたい。金額が大きくなるから、ここじゃなんだと思ってね」

私が持っている薬草って、まだ『収納』に軽く１００束は入っているよ。そんなにお金、持ってるの？

睨みをきかせると、お兄さんはいかにも優し気に微笑んだ。

「お金なら心配いらない。ほら、この通り」

巾着袋《きんちゃくぶくろ》を開いて見せられ、びっくり。きんぴかだ。こ、これ、ぜんぶ金貨……？

そのお金すべてが、ウィルに貢《みつ》ぐべき食料に見えてしまう。喉がごくりと鳴った。

——て、ダメダメ。お金に釣られてついてく、なんて初歩的なミスはしないよ。知らない人にはついていっちゃいけません。日本人なら小学1年生でも知っている常識だ。でも、当然、ウィルは知らないわけで。

てくてくてく。お兄さんのほうに歩いていくウィル。これには焦った。

きゃー!!　ウィルが不審者にさらわれる!!

「ぼくたちを助けてくれるの？」

「何言っているのウィルー!?」

お兄さんもあっけに取られている。しかし、すぐに笑みを浮かべた。どこか、面白がっているふうだ。

「そうだよ。私が君たちを助けてあげる」

いや、いやいやいやいや。お金ちらつかせて私たちをさらおうとしてたやつが何言ってんの？

「その件で少しお話ししたいんだけど、私についてくるように君のお姉さまを説得してくれる？」

分かった！　と元気よく返事をしたウィルがぐるんと私を振り返る。

「このひと、わるいひとじゃないよ。姉さま、いこ？」

ウィル、世の中には、甘いこと言ってかわいい子を連れ去ろうとする悪い人がいてね。

ウィルの肩に手を添え、私は説教する気満々だった。でも、できなかった。いつになく、ウィルが真剣な目をしていたから。

「ぼくをしんじて」

そっか。すっかり忘れてたけど、ウィルは、スキル『真実の目レベルＭＡＸ』を持っている。

私が『植物創造レベルＭＡＸ』をもらういっぽうで、ウィルに与えられたスキル。

『ふたりに同じスキルをあげるなんて、芸がなくて面白くないでしょう？』と、イヴは私たち姉弟に別々のスキルを与えたのだった。

それを聞いたハティが怒って、ケンカになってたっけ。

ハティはまさに、『体力∞』っていう姉弟でお揃《そろ》いのスキルをくれたから。

『真実の目レベルＭＡＸ』は、人の善悪といった性質を暴き、本気になれば人の心の中まで覗《のぞ》くことができるスキルなんだって。強力なスキルだ。ウィルを騙《だま》すことは、誰にもできない。

「――分かった。ウィルを信じる」


まずは見せたいものがある。そう言って、イケメガネのお兄さんは私たちを伴って市場を歩いていく。

「見てごらん、そこの店。あの薬草、君が今朝売った薬草じゃないかい？」

彼が指し示すほうを見る。薬草店だ。朝見て回った時には、なかった店。棚に陳列された薬草に見覚えがあった。そして、店主にも。

……もしかして、転売しているの？

あれは1束銅貨3枚で売った風邪薬……え、何あれ、ばら売り1株銀貨1枚⁉　銅貨10枚で銀貨1枚のはずだから……

「めちゃくちゃ買い叩かれてた⁉」

「いいカモにされたね」

誰も、何も教えてくれなかった。

それもそうか。わざわざ「安すぎるからもっと高く売りなさい」なんて言う客はいないよ。

新参者の小娘にみんなよくしてくれて、若いのに頑張っているねって声をかけてくれて、いい人たちだなって思ってたのに。

ナチュラルに騙されていたなんて。落ち込む。ここは平和な日本じゃないんだから。分かっていたつもりが、この体《てい》たらく。

この人が『助ける』と言った意味が分かった。

「教えてくれてありがとうございます。助かりました」

「どういたしまして。——ああ、そうだ。話はもうひとつあるんだ」

たとえば、飲み会で酔った女の子を家まで送ると申し出た男がいるとする。彼は、純粋な親切心から、その申し出をしたのだろうか。答えは否。あわよくば女の子をものにしよう、という下心があるのだ。って、前世の親友が言ってた。飲み会に参加することなく人生を終えた私には関係ない教訓だったけど、なら、どうして今それを思い出したかというと、このお兄さんの親切にも、下心があったから。

お礼に薬草をプレゼントしようとカゴをあさっている私の耳元で、お兄さんは囁《ささや》いた。

「――君たちの正体について」

◆◇◆◇◆

その瞬間、私は動けなくなった。ウィルを連れて全力で逃げなくちゃって思うのに、がたがたと足が震えて、まともに力が入らない。

どうしよう！　この人は、私たちの正体を知っている！

「安心して。私は君たちを助けると言ったでしょ」

助ける……？

「そう言って私たちを捕まえて、コーネットに売り渡す気でしょう！」

嫌だ嫌だ、絶対にあの家には帰りたくない。変態侯爵の嫁にもなりたくない……！

「姉さま、だいじょうぶ」

きゅっと、ウィルの小さな手が私の指を握る。正体がバレたというのに、ウィルは妙に落ち着いている。ウィルの『真実の目』には、彼は『安全な人』に見えているのかもしれない。だけど私には何も「見えない」から。

「話をしよう。絶対に、悪いようにはしないから。真実を司る神、イファーデンに誓って」

彼に案内されたのは、裏路地にひっそりと佇《たたず》む人気のない古民家の2階。正直、何度も逃げ出したくなったけど、ウィルに促されるままここまでやって来てしまった。

「君たちはリーベル王国のコーネット伯爵家の子、ララとウィルで間違いないね？」

「どうして分かったんですか」

すっかり諦めモードの私は、ついに開き直った。もし、この人がコーネットの追手に私たちを引き渡そうとしたら、ハティを大声で呼べばいい。森で待機するハティになら、きっと聞こえるはず。すぐに駆けつけて私たちを助けてくれるだろう。そう考えるといくらか落ち着くことができた。

「そうだね……その説明をするには、まずは名乗らなければならない。私はアーソロン・ノヴァ。ミナヅキ王国のノヴァ侯爵家の長男だよ。家を継ぎたくなくて、薬師として世界中を逃げ回っている。君と同じ、逃亡者さ。ああ、気軽にアロンと呼んでくれ。堅苦しいのは嫌いなんでね」

「あなたも、貴族？　同じ、逃亡者って……」

「家の追手をまくためにね、私は独自の情報網を持っているんだよ。そこに、リーベル王国のコーネット伯爵家から逃げ出した姉弟を追う者たちの情報が入った。私には関係のない情報だったし、無視していたんだけど……今朝、市場で君を見かけた。珍しくて高価な薬草をゴミみたいな値段で売っている変わり者の君を。何者だろうって、気になって観察してたんだ。そうしたら、君が弟を連れていることが分かった。女装させていても、医学の知識がある私には男の子だとすぐに分かったよ。10代半ばくらいの女の子と、7歳くらいの男の子の、変装した2人組。聞き耳を立てていると、君はその子を『ウィル』と呼んだ。気をつけていてもボロは出る。『ウィル』はコーネットが追っている子供の名前だ」

聞きながら、体が縮こまっていく。ウィルの名前は呼ばないようにしていたのに、無意識だった。もっと気をつけられたのに、迂闊《うかつ》だった。

「それで、君たちの正体を知っているようなことをほのめかすと――君は図星だって顔をした。騙したようでごめんね。君たちの正体を確信したのは、だから今さっきだよ」

はぁ――と深く椅子に沈む。

自分の軽率さを恥じて、このまま沼に沈みたいところだけど、今は私たちの正体を知るこの男と話をつけなければ。

「それで、助けてくれるっていうのはどういうことですか。私たちの正体を黙っていてくれるって意味ですか」

「もちろん、君たちの正体は誰にも明かさない。それだけじゃない。君たちの情報がコーネットの追手に渡らないよう情報操作をして、逃げる手助けをしてあげる。それが『助けてあげる』の意味だよ」

どうして、そこまでしてくれるの？

私たちは今知り合ったばかりの、他人なのに。

怪しすぎる。だから聞いた。

「見返りは？」

すると、彼はにっと黒く笑った。

「今後は、君が得る薬草の全てを私だけに売ってほしい。ほかの誰にも売らず、私だけに」

「薬草をひとり占めしたいと」

親切ぶって私たちを助けた彼の下心は、そこにあったのだ。

「その通り。ああ、もちろん、薬草には正当な対価を払うよ。町の連中のように買い叩く、なんてのは元・貴族としての誇りがじゃまをする。どうやってか分からないけど、君には珍しい薬草を手に入れるツテがあるんでしょう？　私は薬師として、君が売る珍しい薬草がほしい。

なのに、君が捕まったら困るんだ。だから、助ける」

「ほんとのことだよ。いいひとだから、たすけてもらおうよ」

ウィルがキラキラした瞳で後押ししてくる。どうしてそんなにテンションが高いのか。姉さまはもう神経がすり切れそうだよ。

それにね、と彼が最後にダメ押しする。

「君が売った薬草――ああ、例の伝説級の薬草『月草』だけど――すでに転売が繰り返されて、ある貴族が手にしている。彼は薬草の最初の提供者を探し始めたそうだよ。ほかにも『月草』を持っていないか、群生地はどこか聞き出すためにね。君は、見つけ出されたら――困るよね？」

「乗った！　今後ともお取引のほど、よろしくお願いします！」

◆◇◆◇◆

腹黒イケメガネの薬師アーソロン、通称『アロン』によれば、私の薬草販売はかなり目立っていたって話だ。たった、数時間の商売でも。

売ってた薬草がマズかった。エンゲル草（腰痛に効く）、リエール（二日酔いに効く）、アカタケ草（風邪薬）はまだよかった。

頭の欠損以外、すべての欠損を瞬時に治せるハイポーションの材料、『月草』を――アロンに言わせればゴミみたいな値段で――売ったのがいけなかった。

『月草』は滅多に見つからない伝説級の薬草。普通、田舎町の市場でお目にかかれるような品ではないのだ。まして、何度も言うけど、ゴミみたいな値段で売るような薬草じゃない！

……て、そんなの知らないよ！　だって、図鑑を参考にしながら簡単に『創造』できちゃうんだもん！

とにかく、薬草の最初の提供者を探している貴族の目は、アロンがうまく誤魔化してくれるそう。よかった。変に目をつけられて、目立つわけにはいかないから。

それから私とアロンは、膝を詰めて契約について話し合った。決定した内容は以下の通り。

★今後、私の薬草はすべてアロンに売る。
そのかわり、アロンは、
①薬草を転売しない。提供者も秘密にする。
②私たちの素性を秘密にする。
③私たちの情報がコーネットに渡らないよう情報操作をする。

こちらは安全に金貨を得られ、さらに素性がバレないよう守ってももらえる。結果として、いい契約ができたと思う。

「よかったね！　姉さま」

「うん！」

ウィルを信じて、この人についてきてよかった。

普通は初対面の人の言うことなんて信じられない。コーネットに追われている現状ならなおさらだ。私ひとりだったら、アロンの提案なんて聞かずにさっさと逃げ出してたと思う。ていうか実際、逃げようとした。ウィルに止められたけど。

アロンとの契約がここまでスムーズに運んだのは、ひとえにウィルのスキル『真実の目レベルＭＡＸ』のおかげ。

言うなれば嘘発見器のウィルが、アロンを「見て」信用できると判断した。だから、私も信じられた。

「さっそくだけど、君が今持っている薬草はどれくらいあるのかな？　ぜんぶ出してくれる？」

１００束ずどーん、とテーブルの上に出してやろうかとも思ったけど、全部は載らない。とりあえず、『月草』を含め色んな種類の薬草を『収納』から30束ほど取り出した。

アロン、唖然。

そうだろう、そうだろう。驚くべき種類の豊富さと鮮度だろう？　と、私はドヤ顔だったけど、アロンが驚いたのは別の理由からだった。

「……君、こんなに大量の薬草を、今どこから出したの？」

「え？『収納』からですけど？」

「はぁ――君ってホント、非常識だな」

ねぇ、とアロンが睨んでくる。何だろう、さっきまではまだ優しい雰囲気だった気がするのに、この変わりよう。怖い。

思わず隣に座るウィルに助けを求める。すると、いい子いい子してくれた。思わぬご褒美《ほうび》！

「君が言った『収納』、それは君のスキルだね？」

「ええ、まあ」

「『収納』は200年前、『勇者』が保有していたスキルだとされているのは、もちろん君も知っているよね？」

いや、知らないけど。とは言わない。なんだかこの人、目が怖いから……

しかし、勇者か。

暇な時間に面白おかしく読んでいた『勇者伝説』の本の内容を思い出した。

かつて魔王を倒したとされる『勇者』には謎が多い。性別も容姿も能力も、現代まで正確には伝わっていなくて、さまざまな説がとなえられている。その中でも最大の謎は『魔王を倒した後の勇者の行方』。不思議なことに、分かんないらしいんだよね。

「かの『勇者』のほかに『収納』のスキルを取得した者がいるなど、私はこれまで一度も聞いたことがない。君が初めてだよ」

「へー。じゃあ、今『収納』を持っているのは世界で私だけかもしれませんね」

冗談っぽく言ったのに、アロンはまったく笑っていない。

え、まじ……？

この警戒心のなさは無知故か、なんてアロンは深くため息をついている。

「その力を、人前でみだりに行使しないほうがいい。〝悪い人間〟につけこまれるよ」

「ひゃ、ひゃい」

なんか圧がすごいんですけどぉ……！

「これを」

アロンが袋を滑らせてよこす。中身はたくさんの金貨だ。

「うぇ!?　こんなにもらえません！」

「これが君の薬草に対する、正当な対価です」

「えー、でも、相場は……」

「だから、買い叩かれてたんだって教えたろ？　これが正当な値段なの。分かった？」

「は、はい……」

巾着袋は手に沈む重さだ。す、すごい……

これでウィルにたくさん美味しいものを食べさせてあげられる。

意地悪な兄が自慢するように食べていた、けれど私たちは決して口にできなかった高級菓子だって、買える。

「ありがとう、アロン」

お礼を言ったのはウィルだ。にこっと笑うウィルはどこか大人びて見えた。ほんの一瞬だけど。

「君も何か、特別なスキルを持っていそうだね。とても気になるよ。いつか教えてくれるのかな？」

あいまいに笑うウィルの瞳には何が見えているんだろう。どこまで——スキル『真実の目レベルＭＡＸ』は何でも見通せる。イヴは冗談っぽく言っていたけれど、まさか、未来まで見通せる、なんてことはないよね？

◆◇◆◇◆

「姉さま、つぎあっち！」

甘い匂いのする屋台に、ウィルが駆けていく。

銅貨を支払って、受け取ったメレンゲのお菓子をウィルに渡す。頬をリスみたいに膨らませてほおばるウィルがかわいくて、にやにやしちゃう。

「おいしー！」

「美味しいね～」

「つぎあっちー！」

「うんうん、あれね」

あ、銅貨なくなった。金貨でいいですか？

焼き鳥店の店主に金貨を払うと、お釣りがないと迷惑がられてしまった。

「私が支払いを」

「へい、まいど！」

かわりにアロンが支払ってくれた。ウィルは焼き鳥の甘辛ダレに目をキラキラさせて感動している。

「君たちって、いつもこんな感じなの？」

若干引かれている気がするけど、別にいいもんね。私は生涯、ウィルに貢ぎまくるって決めているんだ。

「次の取引から、金貨の半分は銅貨と銀貨で払ってもらえます？」

「分かったけど……切り替え早いね」

「あなたのこと、ウィルが『いいひと』って言ってたので。もう警戒しなくてもいいかなって」

「弟の言うことは絶対なんだね」

「もちろん。ウィルは私の守護天使だから」

「ああ……そう……」

「ていうか、アロン、アーソロンさん？　いつまでついてくるんですか」

商談が終わり、古民家を出てからも、アロンはずっとついてくる。姉弟みずいらずの市場デートをじゃまするとは、許すまじ。

「アロンでいいよ。君があまりに非常識すぎて、心配だったからさ。変なことをしないか見張っとこうかと思ってね。大切な取引相手を失いたくないんだ」

そんなに危なっかしいのか？　私。

だとしても、ずっとつきまとわれると困るんだけど。まさか、家までついてくるなんてこと、ないよね？　確かにアロンを信用するとは決めたけど、ハティたちのことや、森の拠点のことまでバラしたくはない。あそこは、私たちだけの『安寧の地』だから。

「ところで、どうしてそんな真っ黒な格好をしているの？　顔を隠すのは分かるけど、黒なんて、逆に目立つよね」

「この服しか持ってないからですよ」

「ふーん……最初に君を見た時、〝未亡人〟かなって思ったよ」

「未亡人⁉　私、まだ14歳ですよ？」

「うん、声とか肌質からして若いなとは思ってたけど。早くに先立たれた夫を想って、いつも喪服で過ごしているのかなって考えてたんだ」

「えぇ……」

「たぶん、みんなそう考えていると思うよ。痛ましくて、だから誰も服装について触れないんだ」

　何ということだ、まだ男の人とつき合ったこともないのに（悲しいことに前世を含めて）、未亡人とは。

　まぁ、いっか。黒髪黒目がバレなければどうでも。

「お互いの素性も知れたわけだけど、まだ素顔は見せてくれないのかな？」

好奇心に満ちた青い目が、メガネの奥から私をのぞき込んでくる。

この人は、私の素性を知っている。おそらく、私が黒髪黒目の変わった容姿をしていることも。わざわざ不吉な容姿を見たいなんて、変な人。

「私たちはビジネスパートナーで、あなたは珍しい薬草さえ手に入ればいい。そのはずでしょ？」

それ以上深く関わる必要はないし、関わりたくないでしょ？　お互いに。

「あはは。そうだった」

そうだった、って。なんなんだ、この人。距離感がうまくつかめないな。

結局、アロンは食材の買い出しにまでついてきて、あれやこれやと『常識』について説教してきた。ムカつくから、荷物持ちとしてたくさんこき使ってやりましたとも。『収納』があるのにって？　人前では使えないからさ。常識的にね。

心配していたように、村の外までアロンがついてくることはなかった。

これから先、薬草はすべてアロンに売る。その取引は週に1度、あの古民家で行うことに決まった。私は毎週、アロンに会うためにこの町へやって来なきゃならないわけだ。

5章　おだやかな日常

カーテンを開けると、ガラス窓から朝の眩しい光が入ってくる。ベッドで眠るウィルが顔をしかめて、体に巻きつけた布団の中にもぐっていく。ふふ、ミノムシみたい。

「もう食べれにゃい……ぐふ、ぐふふ」

とは、ソファで寝ているイヴの寝言。コーネット産の高級ソファは彼女のお気に入りで、朝から晩までほとんどそこに住んでる。食べたいだけ食べて、そのまま寝落ちするのがお決まりのパターン。もとからなまけ気質なのか、うちに来てなまけぐせがついたのか、分からないけど、ひとつ言えるのは、このままじゃ駄女神まっしぐらってこと。

見上げた空は快晴。

私の心も、この空に負けず劣らずすっきり晴れている。

アロンに正体がバレた時はどうなることかと思ったけれど、結果として強力な味方を得ることができた。そのおかげで、少しだけ心の余裕ができた気がする。

アロンと交わした契約の件は、神様たちにも報告済み。心配されるかと思ったけど、そんなことはなかった。

「ウィルくんが『真実の目』で見て、信用できると判断した相手との契約なら、いいと思うわ」

自分が授けたスキルに、絶対の自信を持っているのだろう。イヴはすんなり受け入れた。

ハティも、気は進まないみたいだけど、一応納得してた。まぁ、何かあっても俺が守れるし、っていう感じ。

というわけで、これからは週1回の薬草取引を通じてアロンと付き合っていくわけだけど、よく考えれば、アロンってすごく――言い方は悪いけど――便利だと思う。

薬草を売るだけで、私たちを守ってくれるし、この世界の常識とやらも（キレながらだけど）教えてくれる。

アロンはお望みの薬草を手に入れるために私を利用しようとしているけれど、私もこの『安寧の地』での平穏な生活を守るためにアロンを利用する。

私たちは利害で強く繋がっている。お互いに利があるうちは裏切らない。そういう冷めた契約だから、安心できる。

それにしても、追手はいつになったら私たちを探すのを諦めてくれるのだろう。

アロンによると、夫になるはずだったボルドー侯爵は私を血眼《ちまなこ》になって探しているという話だ。どうして、私にそこまで執着するのかな。会ったこともないのに。お望みの〝変わった娘〟なら、ほかにもいるだろうに。

コーネットの両親も、私を探し続けている。彼らにとって私がいらぬ子でも、侯爵の手前、そうするしかないのだ。

でも、大丈夫。私たちは見つからない。

今のところ、この辺りにはまだ捜索の手は及んでいないみたいだし、私たちの居場所がバレないようにアロンが情報操作をしてくれる。

「早いな、ララ」

のっそりと、ハティが私の背にすり寄る。

寝起きだからか、重低音のいい声がかすれている。

「おはよう、ハティ。ごめんね、町までけっこう遠かったし、送り迎えのせいでハティも疲れたでしょ。今日はみんなでゆっくりしようね」

「『体力∞』のスキルをやったのが俺だと忘れたのか？　俺は疲れなど知らん」

耳の後ろを掻いてあげると、ハティは気持ちよさそうに目を細める。半開きの口から、長い舌が垂れ下がった。ふひひ、だらしない顔。

「お礼に、何か美味しいものを作るね。何が食べたい？」

「それだと、ララがゆっくりできないだろう」

「料理は好きだから、苦にならないの。これもゆっくり過ごすうちだよ」

「そうか……ならば、『マンゴー』が食べたい」

「えー、そんなの今10秒で出せちゃうじゃん。もっとほかに！　昔食べたこんなやつ、とかないの？」

「とは言っても、俺はそんなに多くの料理を知らん。強いて言えば、甘い物が食べたい……と、思う……」

ハティってば、強面《こわもて》な見かけによらず甘党なんだよね。たぶん、自分でも似合わないって自覚しているんだと思う。ちょっと恥ずかしそうに言うところがまたかわいい。

「ふむふむ、いいこと思いついたよ！　それなら、フルーツパフェを作ろう！」

「ふるーつぱふぇ？」

「すごーく甘い幸せのデザートだよ！　朝ごはんにはさすがに重いから、おやつに作るね」

「ああ。楽しみにしている」

にぃ、と口角《こうかく》を上げ、ハティは特徴的な笑顔を見せた。


約束のおやつの時間。

私たちはそれぞれカゴを持って、庭に出た。

スキル『安寧の地』がレベル2にアップしたおかげか、ドームの大きさも半径5mから15m

ほどに広がって、庭は広々としている。

5m四方の畑は、しっかり耕されて黒土が見えている。ハティに命じられたモグラが耕してくれたんだ。

そう、実はハティ、動物とお話ができるのだ。さすが、獣の神様。おかげで耕作道具も何もないのに、完璧な畑を手に入れることができたってわけ。

畑には今、『植物創造レベルMAX』で作り出したたくさんの野菜や果物が植わっている。

このスキルのすごいところは、旬の季節なんてガン無視して、お望みの植物が何でも『創造』できるってところ。

『創造』した植物は、放っておいてもちゃんと育つ。季節に合わない植物は、勝手に実をつけることはないけれど、枯れもしない。「実をつけろ！」ってスキルを使って念じれば、いつでも実をつけてくれる。

ただひとつ難点なのは、一度『創造』した植物は「消えろ」って念じても消せないこと。新しい種類の野菜を『創造』したいけど畑にスペースがない、そんな時は、既に植わっている植物を引き抜いてスペースを確保しないといけない。

まぁ、これに関しては軽い労力が必要だってだけで、特に問題にはならないのだけど。

それから、この畑の作物は、害虫や害獣の被害にあうことがない。『安寧の地』で作られたドームがやつらの侵入を防いでくれるからだ。

まさに、この場所は『安寧の地』。楽園、と呼んでもいい。

「さて、『フルーツパフェ』を作るよ！　今から果物をたくさん『創造』するから、好きなのを何種類かずつ収穫してね」

5分ほどででき上がった立派な果樹園を、みんな思い思いに練り歩く。

ウィルが選んだのは、パイナップル、いちご、スイカ、バナナ。

イヴは、マンゴー、メロン、ぶどう。

ハティは、マンゴー、桃、オレンジ、キウイ。

ウィルはお子さまが好きな果物のオンパレードだなぁって感じで、イヴは高級志向、ハティは甘酸っぱい系かな？

私が選んだのは、いちごのみ。パフェはいちごに限る。福岡県産の高級いちご『あまおう』をチョイス。

果物をカットし、それぞれに返却。

それから、市場で手に入れた生クリームと砂糖を混ぜて泡立て、ホイップクリームを作る。

砕いたクッキーも用意。

コーネット産のクリスタルの器（たぶん高い）をそれぞれに配って……

「はい。じゃあ、果物とクリームとクッキーを、好きなだけ盛っちゃってください。パフェは見た目の美しさも重要だからね。頑張って！　開始！」

あとは個人作業。

３人は誰が上手に作れるか勝負するみたいで、バチバチやっている。

大きめのスプーンを前足で器用に操るハティ。もはや、狼っていうのが信じられない。

……やっぱり、そこはほら、神様だから？

10分後。それぞれ個性的ではあるけど、美味しそうなパフェができ上がった。

優勝者の発表は私がするんだって。

「優勝は……ウィル!!」

「やったー！」

「勝者には、私からのハグをプレゼント！」

ぎゅーっと抱きしめると、ウィルはくすぐったそうに声をあげて笑う。はぁ、かわいい。髪の毛サラサラ。天使！

「ひいきだわ！　こんな勝負、無効よ！」

ひいき？　もちろんですとも。私の一番は常にウィルなのだ！　私に判定を任せるのが悪いのよ。

ぷりぷりしながらも、イヴは楽しそうだ。ハティは早く食べたいみたいで、パフェを凝視しながら尻尾を高速で振っている。あまり待たせるのは可哀想だな。

「クリームが溶けないうちに食べよう！」

「「「いただきます！」」」

最近、イヴに対抗して不機嫌になることが多かったハティだけど、今は楽しそうに食べている。よかった。

「ハティ、美味しい？」

「ああ、うまい」

ふいに頬を舐められ、ちょっとドキッとしちゃった。

美味しいのは、クリームだよね？

＊＊＊＊＊

この先もずっと、４人で仲よく暮らしていくんだって、漠然《ばくぜん》と信じてた。それこそ、１００歳のおばあちゃん、おじいちゃんになるまで、ずっと。

だけど、この生活もいつかは終わりが来るんだって、気づいた。きっかけは、ウィルが語った将来の夢。

昼食後、ウィルの勉強を見てあげている時だった。

「よくやるわねぇ。ウィルくんは顔がいいんだから、そんなに勉強できなくてもうまく世間を渡っていけるわよぉ。わたしがあげた『真実の目』もあることだし」

げんなりと言うイヴに、私は反論した。

「いくら顔がよくて有力なスキルを持ってたって、ある程度の教養がないと、人としてダメだと思う」

顔よし、能力よし、さらに教養もあって、初めて素敵な大人と言えると私は思う。

顔と体は、栄養満点の食事で養い、
能力は、遊びの中で鍛えてもらい、
教養は、私の前世の知識を活かしたお勉強で身に着けさせる。

そうして、かわいいステキイケメンを育て上げるのだ。

「剣士には先読みの思考が必要になる。頭がよくないとダメだ。勉強は頭を鍛えるために必要なことだぞ。将来のために、しっかり励め」

うんうん、ハティはいいこと言うなぁ。と頷き、「えっ」と驚く。

ウィルってば、『剣士』になるつもりなの？

「ぼくね、けんしになって、姉さまをまもるんだ！」

「剣を振り回して戦うなんて、危ないよ。姉さまは反対だなぁ……」

なんていい子なの！　と感動しつつ、私はその夢に前向きになれなかった。

だって、剣士は怖い職業だ。魔物だけでなく、時には人を殺すことも、あるかも。逆に、殺されることも。剣士はおとぎ話のように、ただキラキラした職業ではないのだ。

「時期が来れば、俺が剣の指導をする。心配するな。ウィルは『剣聖』のスキル持ちだ。滅多なことでは怪我をせず、戦えるようになる」

「でも……」

「ウィルはいずれ独り立ちせねばならん。いつまでも、ララや俺たちが側にいてやることはできないんだ。その時のためにも、戦える力をつけさせるほうが安心だろう？」

独り立ち。「あっ」と、私はその時、初めて当然の事実に気がついた。ウィルはまだ6歳だし、ずいぶん先のことだろうけど、いつかはここを出て行く時が来る。

「ぼくはどこにもいかないよ！　ずーっと、姉さまとハティとイヴといっしょにここにいるよ！」

ウィルの必死な主張に、私たちは苦笑した。

そうは言ってもウィル、就職で家を出たり、好きな人ができて、その人と暮らすために出ていくこともあるかもしれない。
将来のことは誰にも分からないよ。
そう考えると、この幸せは『永遠』じゃないんだなぁ。
日々、この幸せを噛みしめて暮らしていこうと、私はあらためて誓った。

＊＊＊＊＊

頭の中で例の声が響いたのは、庭の一角に作った調理スペースで朝食を作っている時だった。
《レベルアップ！　『鑑定』レベルが3になりました。説明文が一文追加されます。説明文が3行になりました》
《レベルアップ！　『収納』レベルが3になりました。内容物につき、時間停止機能が開放されました》
《レベルアップ！　『安寧の地』レベルが3になりました。『キッチン（小）』『トイレ』が追加されます》
今回のレベルアップ、色々気になるところはあるけれど、一番はこれ。
「ト、トイレが追加されますだとー!?」

こうしちゃいられない！

切りかけの材料を放り出して、室内に直行。

目的のものはすぐに見つかった。右手奥の壁に出現した扉を開けると、そこに、

「ああ、ああ……」

どんと鎮座する陶器製の洋式トイレに、私はすがりついた。

ぐすん。ハティの護衛付きでさ、森の中でお尻丸出しでさ。ぐすん。やっとだ……やっと、あの屈辱の日々から解放される……

しかも、トイレットペーパーまでホルダーにセットされているじゃないか。ていうか、え、これ、自然に補充されるシステム？　何それ、ステキ。

「ありがとう、スキル『安寧の地』！　ウォシュレットとヒーター機能がなくても、流れるトイレだけでララは満足です！」

と、感動の涙を流しつつ、続いて、レベルアップの説明にあった『キッチン（小）』を探してみる。

新たに出現した、ドアなしの続き部屋がそれだった。

一口コンロと、小さな流し台がある、ちょっとした給湯室のような狭い空間。だけど立派にキッチンだ。

取っ手をカチってやるタイプのこの一口コンロ、ガスコンロだよね？　ガスはどこから……？

ガスメーターも見当たらなければガス供給管に繋がる管もない。

そして、流し台に設置された、蛇口をひねるタイプのステンレス製の水道……

いや、さっきは舞い上がって考えるのが後回しになってたけど、これってかなり、ヤバいことが起きていると思う。

トイレもコンロも水道も、どれも日本にいた頃、似たようなものをよく見かけた。だけど、この世界にはないものだ。この世界にはない技術だ。ここにあったらオカシイものだ。

この世界で私が知るトイレは汲《く》み取り式のぽっとん便所だった。

それから、トイレットペーパーなんてものはなかった。薄紙と、使い古した布がお尻拭きだったんだ。

ガスコンロなんてもちろんなくて、一日中火がたかれたかまどには火の番をする少年がいたし、水は井戸から汲んで使っていた。

はたと、気づいた。

「『安寧の地』は、私の記憶に寄せてきてる……？」

私の記憶、それは前世の記憶。私の家は両親が営むレストランと一体になった、ログハウス風の２階建て。……そう、ちょうどこのログハウスと似た雰囲気だった。１階がレストランで

2階が自宅。1階にある調理場から、いつも美味しそうな匂いが漂う家だった。忙《せわ》しなく動き回る両親を手伝って接客し、休憩時間にはご褒美の特製デザートをお腹いっぱい食べて惰眠を貪《むさぼ》る。そんな、幸せな、あそこが私にとってのまさに『安寧の地』で……

つぅ、と頬を涙が伝い落ちた。

もしかして、『安寧の地』は、スキルの持ち主が想像する『安寧』のイメージに従い、持ち主の希望に沿った形で、レベルアップするのかもしれない。

もしこの考察が正しければ、スキルは今後もあの懐かしい家を再現していくだろう。より便利に、より生活しやすい空間に、そうして進化していく。

「おはよう、姉さま」

ウィルが起き出してきた。ドタバタ、うるさかったかな？

さっと涙を拭《ぬぐ》って笑顔を向ける。

「おはよう。よく眠れた？」

「うん！　よくねた！」

腰に抱きついてきたウィルの頭を撫でる。今日も安定のサラサラ具合だ。

「いいにおい。おなかすいた」

起きたばっかりなのに、盛大にお腹が鳴っているのも、いつものこと。

レベルアップした『鑑定』と『収納』の機能は、あとでゆっくり検証することにして、まずは放り出してきた朝食の続きを作ることにした。

前世を思い出してちょっぴりセンチメンタルな気分になっちゃったけど、今の私の居場所はここなんだから、きちんと日々を生きなくちゃ。

自分もウィルも、幸せにするって決めたんだもん。


「いつも早いわねぇ、ララちゃん。よく頑張れるものだわぁ」

朝ごはんが完成した頃、イヴが大あくびをしながら起きてきた。

「イヴは遅すぎ。もうちょっと規則正しい生活をしたほうがいいと思うよ。美容のためにも」

「あら、大丈夫よぉ。ララちゃんが『創造』してくれる果物のおかげで、最近肌艶がいいの」

果物にはお肌にいいビタミンCがたくさん含まれているからね。確かに、私の肌も最近調子がいい。

「ハティが言ってたでしょ。〝働かざる者食うべからずだ〟って。果物がほしければ、テーブルセットを手伝ってね」

「も、もちろんよ！」

慌てて出ていくイヴを見送って、私はウィルにトイレの使い方を教えた。

イヴとハティの神様ズは用を足す必要はないらしく、トイレの説明はいらない。

ふたりとも、あれだけ色々食べているのに、栄養素も不要物も全部体内で消化してるのかな。アイドルの理想だよね。うらやましい。

「姉さますごいね。いろんなものいっぱいだせるんだね」

楽しいね、とウィルは瞳を輝かせる。

ふっふっふ。姉さまはすごいでしょう？　本当にすごいのはスキルなのだけど。それは言わないお約束だ。

「テーブルセッティングできたわよ〜！」

イヴが呼んでる。

「ウィル、庭に『オクラ』があるから収穫してきてくれる？　緑のとんがり帽子みたいなやつだよ」

「ちくちくの毛がはえているやつね！　わかった！」

新鮮なオクラはちくちくしてるもんね。笑いながらカゴを渡すと、ウィルは庭園に走っていった。

さて。オクラに合うドレッシングといえば……

マヨネーズだ！

昨日、絞ったオリーブの汁から、上澄み液だけをスプーンですくい出して、オリーブオイルを作っておいた。この植物油を使って、健康的なマヨネーズを作るのだ。

作り方は簡単。オイルと、卵黄と、塩と、レモン汁を混ぜ合わせるだけで完成！　最初に卵を溶いて、オイルをゆっくり混ぜ入れるのが分離させないコツ。

「おいしー！　ぼく、にんじんたべれるよ！」

ウィルはにんじんスティックにマヨネーズをたっぷりつけてぱくぱく食べている。

やっぱり、マヨネーズは野菜嫌いのお子様の強い味方だ。

「この『マヨネーズ』、悪魔のドレッシングだわ。どうしてくれるの、食欲が止まらないわよぉ」

うん、イヴはマヨネーズがなくても、いつもそれくらいぺろっと食べてると思う。

「美容にいいオリーブオイルで作ってるから、いくら食べても大丈夫だよ」

「ほんと!?　よーし、食べるわよ～！」

しかし、太らないとは言っていない。

パシ、と太ももに重みを感じた。見れば、ハティがマヨネーズの催促をしている。

ハティにいたっては、野菜なしでマヨネーズだけペロペロ舐め続けている。

気に入ってくれて嬉しいけど、みんな目が怖いよ。あとわずかに瓶に残るマヨネーズを狙って争奪戦が起きそうだ。

マヨネーズは『悪魔のドレッシング』か。確かに、それほど衝撃的な美味しさがあるかも。

マヨネーズはまだ作れるから、ケンカせずに食べてね。


朝食を済ませて落ち着いたところで、レベル3にアップしたスキル『鑑定』と『収納』を検証してみる。

まず、『鑑定』。

確か、《説明文が一文追加されます。説明文が3行になりました》って言ってたよね。

手っ取り早く、近くにいたハティを『鑑定』してみる。

《フェンリル。すべての獣の王であり、獣の神。厄災の化身として恐れられている》

〝厄災の化身〟

ふい、と顔をそむける。

なんだか、見てはいけないものを見てしまった気がする。

「ぶ、物騒な二つ名だなぁ」

何でこんな二つ名がついたんだろう。厄災って、〝わざわい〟ってことだよね。ひどい。ハティは私たちに幸福をもたらしこそすれ、わざわいなんてもたらさないよ。ハティをそんなふうに呼ぶなんて失礼だ。

忘れよう。私は何も見ていない。私は何も見ていない……

イヴは？

《ドライアド。植物の王にして、植物の神。美の女神として広く信仰されている》

美の女神!!　納得だ。すごい美人だもんね！

でもさ、イヴの場合は〝怠惰の女神〟とかでもよかったんじゃないかな。どうやったら体を動かさないで済むか、日々探求する姿からはもはや執念すら感じるもん。よりよいなまけを追求する修行僧って感じ。

「なるほどね。確かに説明文が３行になっているわけだ」

お次は、『収納』。

確か、《内容物につき、時間停止機能が開放されました》って言ってたね。

内容物の時間停止機能って、『収納』に入れた物の時間が止まるってことかな。

だとすると、『収納』に入れたものは、腐らなくなる……？

え、何それすごい！

これまで、食材を腐らせないようにどうにかこうにか頑張ってきたけど、その努力がいらなくなるんだ！

牛乳も、お肉も、野菜も、いつまでも新鮮なまま！

だったら、温かいものは温かいまま、冷たいものは冷たいままで保存もできちゃったり？

これは検証しなくては!!

『キッチン（小）』で紅茶を淹《い》れる。茶葉はコーネットの最高級品。そして使う食器類も、美術的価値があるとかで居間に飾られてたやつを使う。道具は使ってなんぼだよ。美術的価値など知らん！

　４人分の紅茶を淹れて『収納』する。

そして、午後のティータイム。

「あちちっ」

『収納』から取り出した紅茶は、淹れたてと変わらず激熱のまま。油断してぐびっと飲んじゃった私は、口の中を火傷して涙目になった。

「う、うん、しっかり『時間停止』されてるね！」

◆◇◆◇◆

「ぼくもう、じぶんであらえるよ！」

私の手からタオルを取り上げ、さっさと滝のほうに逃げていくウィル。

「いやーっ、待ってーっ!!」

今日は3日に一度の水浴びの日。ハティ護衛のもと、ウィルと3人で川へ来ている。ログハウスにも水源ができたことだし、水道水をおけに入れて玄関先で体を流してもよかったのだけど、あえて川へ水浴びに行く。石鹸を使うことを考えたら、川の水で一気に洗い流すほうが効率的だからだ。

それと、ウィルがついでに川遊びをしたがるからって理由もある。

「くしゅん」

5月の水浴びは、まだ寒い。ウィルに逃げられ、心も寒い。

『安寧の地』の次のレベルアップでは、ぜひお風呂場がほしいところだ。

「ララは綺麗だな」

「ほへ？」

突然そんなことを言われて、変な声が出ちゃった。キザな台詞を吐いたのは、水辺で周囲を警戒してくれているハティだ。

じーっと私のことを見ている。私は苦笑した。確かにまれに見る妖艶美少女だけどさ。

「黒髪黒目でも？」

腰まである黒髪は、水の中で墨を垂らしたように黒く扇を広げている。

「黒を醜いと言う人間は愚かだ。この美しさが分からぬとは、美醜の価値観が歪んでいるに違いない」

「あはは。そうかもね。私は自分の髪の色、けっこう気に入っているんだよ。金や茶よりも、よっぽど慣れ親しんだ色合いだから、落ち着くんだ」

「ララは正常な価値観を持つ人間だな」

「ふふ、ありがとう」

なんだか、認めてもらえたみたいで嬉しいな。

「だけど、『綺麗』なんて……私のこと、そうやって口説いてくれる男の人っているのかな」

考えがマイナスの方向に行って、悲しくなってきた。

「将来的には、恋愛もしてみたいし、結婚もしたいって思うけど、無理かもね。黒髪黒目は、この世界では怖がられちゃうから。ありのままの私を好きになってくれる人を見つけるのは、大変そう」

「心配しなくていい。ララは俺の嫁になるのだろう？」

驚いて振り向くと、ハティは澄んだ眼差しで言った。

「前にそう約束した」

じゃれ合うような言葉遊びでそんなことを、確かに言ったかもしれない。

「でも、ハティには……」

無理だよ。言いかけた言葉を飲み込んで、お礼を言う。ハティの気遣いが分かったから。

「……ありがとう、ハティ」

子供をなだめるような、現実味のない約束だ。それでも、心が温かくなった。

ハティは人語を操るけど狼だし、神様だ。人間とは恋愛や結婚ができようはずもないことは、ちゃんと分かってる。私だって別にそれを望んでるわけじゃない、と思う。

ピンと耳を立てたハティが川向こうに飛び出す。振り向いた口には、ウィルを咥《くわ》えている。

「ひとりでフラフラ遠くへ行くなと言ったろう。ララに心配をかけるな」

「ごめんなさい……」

怒られたウィルが、しゅんとうなだれる。

「分かればいい。帰るぞ」

背中に乗せられたウィルの顔に笑顔が戻る。

ハティは子供をあやすのがうまい。きっと、いいパパになるね。

神様が結婚して、子供を作ることがあるなら、だけど。

異変は、その夕方に起こった。

「姉さま、あたまいたい」

外で遊んでいたウィルが、そう言ってログハウスに帰ってきた。

「どの辺が痛い？　熱かったり、寒かったりする？」

「おでこのほう。さむい」

頬が赤いし、息も少し荒い。前髪をはらって額に手を当てると熱かった。

「風邪かなぁ……」

ウィルをベッドで休ませて、考えに沈む。

スキル『体力∞』の恩恵で、私たちは滅多に病気をしない体になった。

そう、滅多に。まったく病気をしないというわけじゃない。

スキル『体力∞』は、体力を回復し続けてくれるスキルで、それは持ち主がもともと持っている体力上限に依存する。

たとえば、私の体力上限が10だとする。何か運動をした時、体力は減る。9や8へ。スキルはその減少を察知すると、元の10まで戻してくれる。ずっと動き回っても疲れを感じないのは、疲れを感じる前に、スキルが体力を元に戻してくれるからだ。

体力のある私たちは必然的に免疫力も高くなるので、病気もしにくくなる。

しかし。

強力なウイルス等に感染し、体力が急激に減り続ける場合、回復速度が追いつかないことがある。そうなると、私たちでも病に倒れる。私がジャイアントベアーに傷を負わされた時がそうだった。

スキル『体力∞』はありがたいスキルだけど、あまり過信するのはよくないってことだ。

今、ウィルの体の中で「何か」が体力を奪い続けている。

だけどこの時はまだ、私に焦りはなかった。

イヴがいたからだ。

イヴは治癒魔法が使える。

私の傷も、その傷のせいでかかった病気も、イヴが治してくれた。だから今回も簡単に治せると思った。

なのに――

イヴのかけた治癒魔法は、なぜかウィルには効かなかった。

不安で、胃がムカムカした。

魔法が効かないならと、薬草で作った風邪薬を『収納』から出す。

作ってから時間が経つと劣化して効果が薄くなる薬も、『収納』に入れておけば時間停止機能のおかげで劣化しないので、大量に作ってある。ほかに、外傷や内臓に作用する薬もある。薬草を刻んだり煮たり焼いたり、薬作りは料理と似たところがあるので、スムーズにできる。

それでも、どうしても作れないものがあった。

それは、『ハイポーション』。

手足がちぎれても瞬時に再生させ、致死性の病気でも一瞬で治してしまう万能薬だ。

このハイポーション、水属性の魔法で作り出した清らかな水がないと作れないらしい。

私もウィルも、属性云々《うんぬん》の前に、魔法が使えない。ハティの魔法は火属性だし、イヴは光属性で水は作り出せない。だから、ハイポーションは作れない。

ハイポーションがあれば、ウィルをむしばむ謎の病も、一瞬で治るかもしれないのに。

パン粥《がゆ》を食べさせ、風邪薬を飲ませて数時間しても、やはりウィルの熱は引かなくて、いよいよ焦りが募る。

生姜《しょうが》を『創造』して、砂糖と一緒に紅茶に溶いて飲ませる。蜂蜜があればよかったけど、買っていなかった。

「姉さま、さむいよ……」

「俺が温める」

ハティがベッドに上がって、ウィルを胸に抱く。ハティの体温は高いから、適任だろう。

「大丈夫だ、ララ。すぐにイヴが薬を用意して戻る。ウィルは治る」

治癒魔法が効かなかったことを気に病んだイヴは、薬を用意すると言って出ていった。

神様が用意する薬だから、きっとウィルの病気も治してくれると思う。

だけど、戻るのはいつになるか分からない。数日後かもしれない。悠久の時を生きる神様の「すぐ」はいつ頃を指すのか、私には見当もつかない。

紅葉《もみじ》みたいに小さなウィルの手を握ってさすり続ける。

ウィルは苦しんでいる。

それなのに、スキルも薬も魔法も効かない。

イヴが戻るのを、じっと待つことしかできないなんて……

「ララ！」

ハティの呼びかけにハッと顔を上げる。

「ララが不安そうな顔をすると、ウィルも不安になる。もう休め。ウィルは俺が見ておく」

「でも……」

「明日は薬師の男に会う日じゃないか？　前回、そいつに『月草』を売ったのだろう？　だとすると明日、ハイポーションをそいつから買えるかもしれないぞ。イヴを待つまでもない」

そっか、アロン！

アロンはハイポーションの原料となる『月草』をたくさん買っていった。きっと今頃、ハイポーションを作って所持しているはず！

6章　家族の新たなかたち

「ハイポーションはある。だけど、今ここで渡すことはできない」

翌日正午、待ち合わせた古民家で、渋面のアロンは言った。

「なんでよ……!?」

結局、昨夜は一睡もできなくて、1時間以上前からここでひとり、アロンが来るのを待ち焦がれていた私は、ついにキレた。

「早く渡しなさい！　じゃないともう、あなたに薬草は売らないから！　契約なんて反故《ほご》にしてやる！　それで私たちの正体をバラして回るなら好きにすればいい！」

「落ち着いてよ、ララ。渡さないとは言っていない。ただ、患者の様子を診てから正しく処方したいんだ。聞いたところ、ちょっと思い当たる病があってね……ウィルくんがもしその病だとすると、ただハイポーションを飲ませるだけでは治らない可能性がある」

「嘘！　ハイポーションは致死性の病気でも一瞬で治す万能薬のはずでしょ!?」

「概《おおむ》ね、その認識で合っている。だけど、ひとつだけ例外があるんだ。昆虫型の魔物による病だよ。ミミズみたいなやつが体内に入って悪さするんだ。そいつをうまく取り除いてやらない限り、ハイポーションは効かないんだ」

川遊びの時などに体内に侵入するんだと、アロンは言った。

川遊び……

水浴びの時かもしれない。

私のせいだ。

もっと魔物について深く調べていたら、川にそういう危険があることを知ったはずだ。対策を立て、気をつけられたはずだ。なのに、魔物はハティに任せておけば大丈夫って、そんなふうに丸投げして、私、魔物の勉強をろくにしてこなかった。

「……ウィルを、あなたに診せればいいの？」

「うん、そうしてくれると嬉しい」

「分かった。来て」

ウィルをアロンに診せるということは、ハティや、イヴや、拠点の存在を明かすということ。その流れで、『植物創造』や『安寧の地』という特別なスキルを持っていることもバレるだろう。下手をすれば、また逃亡しなきゃならない事態になる。せっかく手に入れた〝安寧の地〟を手放して……

スキル『安寧の地』で出したログハウスは『収納』できない。また、スキル『安寧の地』自体に移動の機能はついていない。だから、逃げることになれば必然的に快適な住居を捨てることになるのだ。

それでも、ウィルの命には代えられない。

逃げることになっても、またやり直せばいい。

拠点を失えば潜伏生活は今よりずっと過酷になるかもしれないけど、きっと大丈夫。ハティやイヴだってついている。

アロンを連れて森へ戻った私を見て、ハティはひどく驚いた。

「これはどういうことだ？」

低く、唸るように聞く。

「ウィルをアロンに見せる」

「しかし」

「お願い、ハティ。急ぎたいの。アロンも乗せていって」

「——分かった」

背中を貸してくれたハティに、アロンと共にまたがる。

人語を操る巨大狼に驚いただろうに、アロンは何も聞かず、おっかなびっくりではあるものの、ハティに身を預けた。

ハティの足はいつも以上に速く、風のように森を突っ切って、あっという間に拠点の草原へと到着する。

「こんなところに家があるとは……それに、あの庭は一体……」

畑と果樹園を見て、アロンが固まっている。

この世界にない植物たちの姿に、驚いているのかもしれない。あるいは、ハイポーションをなんとか作ろうと『創造』しまくった『月草』の群生か。

「アロン、急いで」

「ああ、うん、ごめんね……あまりに信じられない光景が続いて……夢を見ているんじゃないかって、ぼうっとしてしまったよ」

玄関の扉を開けて、急いで中に入る。

イヴはまだ戻ってきていない。

ベッドで浅い呼吸を繰り返すウィルに駆け寄る。汗で濃い色に変わった金髪が顔に貼り付いていた。

「ひとりにして、ごめんね」

頬を撫で、声をかけても反応はない。

アロンはまだ家に入ってきていなかった。

もう、何やってるのよ……！

「なぜか見えない壁に阻まれて入れないんだけど……」

ドームの向こうで、アロンが途方に暮れている。

ドームはアロンを『敵』と認識したようだ。

《『アーソロン・ノヴァ』が境界線越えの許可を求めています。許可しますか》

突然、頭の中に声が響いた。スキル『安寧の地』の案内だろうか。

「許可します」

ドームの壁に体重をかけていたのか、アロンが前のめりにドーム内へ入ってくる。

「色々質問したいところだけど、まずは診察するよ」

ウィルを診察したアロンは、「やっぱり」とつぶやいた。

持参したカバンから黒っぽい粉薬を出してウィルに飲ませる。

その様子を、私とハティは固唾《かたず》をのんで見守った。

「これは『下虫草』から作った下剤だよ。まずは『クダシ虫』を便と一緒に体から出し切る」

その後、何度かトイレに起きたウィルの顔色は、徐々によくなっていった。

「あとは、体内に残る細菌を『ハイポーション』で死滅させる。本来はハイポーションじゃなくてもいいんだけど、今回はちょうど用意があるし、特別だよ」

『ハイポーション』は小さなガラス瓶に入った青い液体だった。体によさそうな物にはとても見えない。

それでも、アロンを信じて飲ませると、ウィルはすぐに元気を取り戻して、起き上がれるまでになった。

「ウィル！　もう痛いとこはない？　息苦しさはどう？」

「うん。だいじょうぶ。あたまもいたくなくなった」

「ああ、よかった！」

ぎゅっと抱き合う。よかった、よかった、ウィルを失うことにならなくて、本当によかった。怖かった。

安心したら涙があふれてくる。涙が伝った頬を、ハティの大きな舌が舐めとった。

「……普通、病が治っても、体力が回復するまでには数日かかるはずなんだけどなぁ」

アロンは訝《いぶか》しがっているけど、それ、たぶんスキル『体力∞』のおかげだと思う。と、いくらか冷静になった私の頭は分析する。

「ありがとう、アロン。さっきは怒鳴ってごめんなさい」

「お礼も謝罪もいらないよ。もちろん、治療費もいらない。君にはたっぷり恩を売っておきたいからね」

「厚かましいぞ、人間」

歯をむき出して、ハティが唸る。

「敵意はないから、許してほしいな。……ところで、問題も解決したし、さっそくだけど質問タイムに入っていいかな？」

……まぁ、そうなるよね。

しゃべる巨大狼のハティとか、森の中に忽然《こつぜん》と存在するログハウスとか、庭園の植物とか、疑問はたくさんあるだろう。

覚悟はできた。すべて、正直に話そう。

話したうえで、アロンを完全に私たちの味方に取り込む。

神様の存在を明かせば、「下手なことはするなよ」と脅しにもなるだろう。

と、その時だ。

「今戻ったわ〜！　『エクストラポーション』を手に入れたわよぉ！　これでウィルくんの病気もちょちょいと治って……って、あら？　元気になってる？　ていうか、あなた、誰？」

植物の神様が『神話級』の薬を手に入れて戻ってきた！

◆◇◆◇◆

「『エクストラポーション』だと!?」

アロンが叫ぶ。

「なんなのぉ、こいつ。気持ち悪い」

突然迫ってくるアロンに、虫けらを見るような視線を送るイヴ。今にも何らかの「攻撃」を仕掛けそう。

「ちょ、ちょっと待って、イヴ……!」

私は慌ててアロンを紹介し、彼がウィルを治療してくれたことを説明した。

「ああ、あなたがララちゃんの言ってた人間の男ね」

「あり得ない! 『エクストラポーション』は『ハイポーション』のさらに上級。レシピが失われた〝神話級〟の薬だぞ! 死からも蘇らせると聞く! この世にあるわけがないんだ!

……というか、この女、緑に光ってないか!?」

アロン、ご乱心。

「あのね、イヴは神様で――」

「か、神様!?」

「面倒くさいわね。いっそ、記憶を消しちゃう？」

イヴが投げやりに言う。

ったく。せっかく、穏やかに説明を始めようとしたところだったのに。

私はアロンに聞かれるまま、コーネットの屋敷から逃げ出そうと決意してからこれまでのことをすべて話した。ただし、前世の知識がある、という点だけは除いて。前世のことは、理解されにくいと思うから。神様の話でギリギリなのに。

コーネットの屋敷に初代様が残した『鑑定』と『収納』を、自分のものにしたこと。なお、家族はスキルの存在を含め、私が力を手にした事実を知らないこと。

ハティは元・愛犬で、森へ逃亡後、実は獣の神様だと分かったこと。

それから、ハティの保護下に入ってスキル『体力∞』をもらったこと。

その後、私の怪我の治療のためにやってきた植物の神様であるイヴが仲間になったこと。

イヴの保護下に入って、『植物創造レベルＭＡＸ』をもらったこと。そのおかげで薬草が作り放題だということ。

ログハウスやドームについては、ある日突然使えるようになったスキル『安寧の地』の産物であること。

ウィルのスキルについては、必要があればおいおい話すとして……

「――頭が痛くなってきたよ」

アロンは青い顔で頭を抱えている。

「つまり何かい、君はこんなに強力なスキルを5つも持っているということかい」

「そうなるかな？」

「――信じられない。スキルは普通、ひとりにつきひとつだ。といっても、スキルが与えられること自体が珍しいことだけどね。40人に1人くらいの割合かな。例外は、200年前の勇者。彼は、『鑑定』と『収納』のふたつ持ちだった。5つなんて、規格外にもほどがあるよ」

「へぇ……」

「君、自分の異常性をちゃんと分かってる？　アホ面してないで、もう少し真面目に聞いてほしいね」

アホ面！　失礼しちゃう！　理解するのに時間がかかるだけなのに。

だって、私が持つスキルの特殊性とか、数の制限とか、そんなの知らなかったんだもん。コーネットではそんなこと教わらなかったし、スキルについて学ぼうにも、持ってきた本には『剣聖』関係の解説本しかなかったし……。

「とりあえず、スキルを持っていることは誰にも話さないように。目立つどころの話じゃなくなるからね。人前では使わない、分かった？」

「はい……」

と、アロンは席に座り直し、あらたまって言った。

「私の調べでは、君はコーネットのご家族から冷遇されていたと聞いている。容姿の珍しさと、貴族の証たる魔法が使えないというのが、その理由だ」

「……うん、その認識で合ってるよ」

嫌な記憶が蘇って、思わず顔をしかめる。

過去の出来事とはいえ、あの辛く苦しい日々を思い出すと、今でも吐きそうになる。その度に、あの頃の弱かった『ララ』も確かに『私』なのだと、思い知らされる。

コーネットの味方をするわけじゃないけど、と前置きしてからアロンは言った。

「何の力もなかった君が、今では5つも強力なスキルを得た。それを伝えたら、ご家族はもう君を冷遇しなくなるだろう。ボルドー侯爵に違約金を払ってでも、君を自家に留める。きっとだ。だとすると、もう君に逃げる理由はないんじゃないかな？」

逃げる必要は、ない――？

カッと頭に血がのぼった。

嫌だ、とアロンの言葉尻にかぶせて、私は半ば悲鳴のように叫んでいた。

「私は、私たちは絶対に帰らない。確かに、アロンの言う通りかもしれない。私に価値があると分かったら、家族は手のひらを返して私を大切にするかもしれない。でも、それでこれまでの仕打ちが消えるわけじゃない。コーネット家のララとして、彼らに恩恵をもたらしてやる気はこれっぽっちもない！」

そう、私のスキルは、私と私の大切な人たちを幸せにするためにあるのだ。そこに、コーネットのクズどもは入っていない。

「姉さま……」

ウィルがベッドの上から、心配そうに私を見ている。

ごめんね、と謝った。病み上がりのウィルの前で、大声を出してしまった自分を恥じる。

「まぁ、そうだよね」と、アロンが神妙に頷いた。

「帰っても、君は自慢して歩くためのペットか、家畜のように使い潰されるのがオチだろう」

アロンの口調は辛辣《しんらつ》だ。コーネット、というよりは、貴族自体を嫌悪しているようだった。

侯爵家から逃げ出したアロンにどんな過去があるのかは、知らない。だけど、アロンも辛かったのだろうと思った。だから、わざわざ恵まれた貴族家から逃げ出した。そう思うと急に、仲間意識のようなものが芽生えた。

「君が逃げ続けたいと言うのなら、私もこれまで以上に協力するよ」

私たちは打算にまみれた契約関係で繋がっているだけ。そのはずだった。

でも、この時のアロンの青い瞳は真剣そのもので、そこに打算はないように見えた。あるのは、純粋な親切心だけ。

「アロン……」

ちょっぴり感動しかけたその時、アロンがふっと表情を緩めて言った。

「君に実家へ帰られたら、君の薬草畑をじっくり研究できなくなるし」

「アロン」

うん、アロンはそういうやつだって分かってた。

この合理主義者の薬草馬鹿め。

アロンが吹き出して、「冗談だよ」と笑った。

いや、今のは本気だった。そう思いながらも、私もつられて笑ってしまった。

すっかり元気になったウィルは、ベッドに腰掛けてにこにこ笑っている。

この終着点を初めから知っていた、と言わんばかりだ。

「あらためてよろしく、ララ」

アロンが握手を求めてくる。こちらこそ、と私はその手を握った。

こうして、アロンは私たちの事情を（ほとんど）すべて知る、完全なる味方となった。

◆◇◆◇◆

神様ズを前に、アロンは恐縮しきり。無理もない。巨大な狼には睨まれているし、一見穏やかで綺麗なお姉さんからは、「記憶消しちゃう?」なんて軽く扱われたのだから。

「もっと敬いなさぁい」

十分腰の低いアロンに、イヴは追い打ちをかけている。あれは、遊ばれてるな。

「よい、人間。ウィルを救ってくれたそなたには、多少の無礼は許そう。楽にせよ」

なんて言いつつハティは、前足でアロンの頭を沈めている。

「だが私とイヴに対してだけだ。ララへの無礼は微塵たりとも許さんぞ。先程から、ララに対するその偉そうな言葉遣いが気に触る。改めよ」

こっちが本音らしい。ふたりの足元からなんとかアロンを助け出すと、一生分かってくらいお礼を言われた。

「しかし、本物の神に会えるとは……それも、5柱の最上神に数えられる獣神様と、植物の女神様。まだ夢でも見ているんじゃないかって思うよ。神の産物と名高い『エクストラポーションン』がぽんと出てくるわけだ……」

赤い小瓶の『エクストラポーション』は今、私の右手に握られている。

アロンは薬師としての血が騒ぐのか、ものほしそうに見てくるけど、ほしいとは言わない。その辺は新参者としてわきまえているのだろう。

あとでこっそり見せてあげよう。

しかし、アロンの反応からして、ハティもイヴも、この世界では相当偉い神様のようだ。5柱？ よく分からないけど、すごそう。

普段は、カッコカワイイ狼と、ちょっと残念なお姉さんだけどね。

「あの……よければ、庭園を見せてもらえないだろうか」

さっそく言葉遣いを改めたアロンが、おずおずと聞いてくる。

「いいよ。好きなだけ見て。ウィルを治してくれたお礼に、気になる植物があれば採ってもいいよ」

薬草でも、野菜でも、果物でも、ご自由にどうぞ。案内しましょう。

「本当かい!? ありがとう！」

「ぼくもおそといくー！」

「ウィルはダメ。病み上がりなんだから、今日一日は寝てなくちゃ」

「えぇ～っ」

「イヴ、ウィルが外に出ないように見ててね」

「オーケー。ついでにマンゴー採ってきてね」

「はいはい」

アロンは畑や果樹園を見て回りながら、キラキラした瞳で子供みたいにはしゃいだ。

いつもの澄まし顔のせいですごく年上に見えてたけど、本当は私とそんなに変わらない年齢かもしれない。

《アーソロン・ノヴァ。22歳。魔法属性：水》

お、『鑑定』さん、年齢が見られるようになってる。

魔法属性：水、か。

魔法で作り出した清らかな水を必要とする『ハイポーション』が作れるわけだ。

「『ヒイラギ草』に『ハトマツ』、こっちは『ヨモギ』！　す、すごい……絶滅危惧種が当たり前のように生えている！　ここは植物の楽園だ……！」

ああやってはしゃいでると、８つも年上には見えないな。

ちょっぴり微笑ましくなった。

「こ、これ、この果物？　は何という名前なんだい？　リルケに似ているが、大きさも、艶も、ぜんぜん違う」

『『リンゴ』っていうんだよ。あとでウィルに切ってあげるつもりだから、よかったら、その時一緒に食べてみて」

「ああ、ぜひ！」

〝一日一個のリンゴは医者を遠ざける〟っていうくらいだから、リンゴは栄養素たっぷり。病み上がりのウィルにはぴったりの果物だ。

たくさん収穫して、フレッシュジュースにしよう。

「〝リンゴの木よ、たくさん実をつけなさい！〟」

鈴なりに赤い実をつけていくリンゴの木を見て、アロンが腰を抜かした。

しまった。慣れすぎて感覚が麻痺してたけど、これって『トンデモ現象』だった。

「……次から、何かやらかす時は事前に一言ほしいな」

「あはは、やらかすって――うん。ごめんね」

顔面蒼白なアロンを見ていたら、さすがに可哀想になっちゃった。

◆◇◆◇◆

「イヴ、薬探しに行ってくれてありがとね」

アロンに〝リンゴ絞《しぼ》り〟を頼んでから、ソファでくつろぐイヴにお礼を言いに行く。

「いいのよ～。手柄はあの男に横取りされちゃったけどぉ。ま、今回不要になったこの薬はとっておきなさいな。『収納』しておけば効果が薄れることもないでしょ」

「くれるの？　これ、すごく高価な薬なんじゃない？　アロンは〝神話級〟の薬だって」

言いながら、手の中の赤い小瓶の存在感が増したように感じた。〝神話級〟など、いかにもヤバそうだ。確か、死からも蘇らせるとかなんとか……

「せっかく作ったのだもの。もらってくれなきゃ困るわ」

「イヴが作ったの？」

でも、イヴは水属性の魔法が使えないから、『ハイポーション』だって作れなかったはず。

「正確には、『水の神』との合作ね」

水の神……！　新しい神様が出てきた！

獣の神に、植物の神に、水の神！　おお……！

「魔法で作り出す清らかな水をもらったんだね」

「そういうこと」

「この薬は、『死からも蘇らせる』って本当……？」

「本当よぉ。〝死んですぐの生き物〟って条件はつくけど、どんな生き物でも蘇らせることができるわ」

小瓶を握る手が震えてくる。

「そんなすごいもの、私の手には負えないよ……持ってるの、怖い」

「いいから、持ってなさい。ウィルくんや、将来できる大切な誰かに『もしも』があった時のために、ね」

『もしも』か。そんなことがないように願うけど……

確かに、持っていれば心強いか。

「分かった……もらうね。ありがとう」

ぎゅっとハグをすると、イヴも応えてくれる。

「お礼はマンゴーとオリーブオイルでいいわよぉ」

やっぱりイヴはブレないね。くす、と笑ってしまう。

「今回は最高級『シャインマスカット』もつけさせていただきます」

「キャーッ、また新しい果物？　幸せの予感……！」

『エクストラポーション』は速やかに『収納』した。

「あの、絞り終わったけど、これはどうすれば……？」

ふたりがけのテーブルで作業をしていたアロンがリンゴ汁の入ったボールを持ってくる。

あちゃ、手がベタベタだ。

『キッチン（小）』に案内すると、蛇口をひねるタイプの水道にひどく驚かれた。

やはり、水道はこの世界にはない技術のようだ。

これでトイレに案内したら、また腰を抜かすだろうな。ふふ、ちょっと楽しみ。

「甘い香りがするな」

背中にウィルを乗せたハティがボールをのぞき込み、ぺろりと舌を出す。

甘い物好きだもんね、ハティ。

「めっ、だよ？　ハティ。ちゃんとうつわについでもらわなきゃ。おぎょうぎがわるいんだよ？」

お兄さんぶって言うウィルが破壊的なかわいさで、ガツンと頭をやられた。

『めっ』てなんですか、『めっ』て。

私にも言ってぇぇぇっ！

「君ってばホント、美人なのに残念だよね……」

しみじみって感じでアロンが言う。

「そうなの。イヴは美人だけど残念系駄女神なんだよね……」

イヴってば、さっきまでしゃべってたのに、もうソファで大の字になってぐーすか寝てる。お客様の前だっていうのに。

スカート、太ももまでめくれている。際どい。

「違う。君のことだよ、ララ」

私はハッと、自分の姿を確認した。

変装用のローブは暑くて脱いでいた。顔半分を隠すレースつきのミニハットも、いつの間にか、無意識に取っていて……

つまり、今の私は黒髪も黒目も晒しているわけで……

びっくりして、アロンを凝視する。

「私が？　美人？」

「うん、見かけは女神様にもまったく見劣りしないくらい美しいよ。見かけは」

『見かけは』を2回言ってくるあたりが気になるところだけど、それよりも、

「アロンって目悪いの？　私の黒髪黒目、見えてる？」

「？　見えてるけど」

私の色を嫌悪する様子もないし、それがどうした？　と言わんばかりだ。

「なんで怖がらないの？」

ぎゅう、とスカートを握りしめる。

この容姿のおかげで、これまでずいぶん嫌な目にあってきた。

力む私に、アロンはあっさりと言った。

「ああ、そうか。君の国では、黒は〝死を運ぶ鳥〟と同じ色ってことで恐れられているんだったね」

「〝君の国では〟って、どういうこと？　もしかして、ほかの国では違うの？」

ドキドキ、心臓が期待に高鳴る。

「私の故郷『ミナヅキ王国』では、昔から黒髪黒目の者が一定数生まれるんだ。だから、別に珍しくもないよ」

「うそ、え、そうなの……？」

てっきり、黒髪黒目の私の容姿は、この世界にいる全人類が嫌うものだと思ってた。

でも、違う。

この世界には、私を受け入れてくれる国がある。

どうしよう。すごく嬉しい。

「しかし、そんなことも知らなかったのか。君は本当に世間知らずだね。いつか騙されて危険な目にあうんじゃないかって、危なっかしくて見ていられないよ。ふたりの神様に守られているくらいがちょうどいいね」

「何それ。私をポンコツみたいに言わないでくれる？」

「だって、ポンコツでしょ？」

「おい、人間。言葉遣いに気をつけろ」

私を隠すように、ハティがすかさず間に入る。

そうだぞ、人間！　あんまり私を馬鹿にするとひどい目に合わせるぞ！　ハティがな！

「すみません……」

不服そうな青い目は、ハティの大きな体が遮《さえぎ》ってくれる。

「姉さま、りんごじゅーすまだぁ？」

「ああ、ごめんね。今すぐ用意するからね」

いけない、天使をお待たせしてしまった！

『収納』からグラスを出して急いで注ぐ。

待っててね。搾りたての濃厚ジュースですぐに渇きを満たしてあげるからね。ハア、ハア。

あの……アロン、ハティ。

その残念な子を見る目、やめてくれませんかね。

ジュースあげないぞ。

◆◇◆◇◆

夕食後、私はアロンに今後の薬草取引についてある提案をした。

「アロンに売る薬草なんだけど、今後は週1回このログハウスまで取りに来てもらえないかな？」

こうして拠点の場所もバレたことだし。

アロンには手間をかけさせて申し訳ないけど、私たちはなるべく町に出ないほうがいいと思うんだ。追手に見つかるリスクを減らすために。

しかしアロンは、「無理だ」と私の提案をはねのけた。

「『中立の森』には、強力な魔物がうようよいるんだ。そんな中を片道数時間も歩いて来れない。馬で駆け抜けるのも不可能だろうね」

ここ『中立の森』が4つの国に接しているにもかかわらず、どこの国にも属さない理由には、さまざまな説がある。

曰《いわ》く、強力な魔物が多く、統治が不可能だから放置している。

曰く、森に眠る手つかずの資源をめぐって戦争が起こるのを回避するため中立を守っている。

曰く、神の土地なので、たたりを恐れて誰も手を出さない。

以上、コーネット産の本より。

実際に『中立の森』に暮らす私に言わせれば、『強力な魔物が多く、統治が不可能』って説は間違い。そう思ってたんだ。

だって、強力な魔物の脅威は今までほとんど（あのジャイアントベアー以外）感じたことがないし、ハティに瞬殺される魔物はとても強そうには見えないもん。

だけど……

「この森の魔物が強力なのは事実だよ」

「ソウナンデスネ……」

アロンはこの森に住むという、さまざまな恐ろしい魔物について語った。話がすすむにつれて、どんどん血の気が引いていく。

わ、私たち、ヤバいところに住んでるんだなぁ……

「まさか、か弱い君たちがこんな危険な森に潜んでいるとは、誰も思わないだろうね。まったく、ここはいい隠れ家だと思うよ」

そんな危険な『中立の森』の中で私たちが安全に暮らせているのはひとえに、ハティの護衛と、スキル『安寧の地』が作り出すドームのおかげ。

あらためて感謝しよう。震える手で拝んでおく。

「じゃあ、ハティが町の近くまでアロンを迎えに行って、ここまで連れてくるっていうのは？」

私の提案に、ハティは露骨に嫌な顔をした。

ハティはアロンが嫌いみたい。私とアロンが話していると、不機嫌になる。

嫌がるハティの横で、「それなら」とイヴが提案してくれた。

「私の眷属《けんぞく》を貸してあげるわ」


イヴの合図で庭に現れたのは、1頭の馬……の姿をした、植物？　馬植物？

全身が木と葉っぱと苔《こけ》でできていて、目や口は見当たらない。

なのに、この子、しゃべれるの！

「お久しぶりでございます。我があるじ」

渋い感じのいい声だ。ハティには及ばないけど。

「なっ、植物……!?　馬!?」

アロンがのけぞる。

驚く時のリアクション、いつも大きいんだよなぁ。くすりと笑ってしまう。

私も相当びっくりしてたのに、アロンが驚きすぎるから、逆に冷静になっちゃった。

「……彼は魔物かい？」

「木の精霊よ」

アロンの独り言のような質問に、イヴが答える。

「精霊……神の次は、精霊……」

「この世界の人たちにとっても、精霊って珍しい存在なの？」と私はアロンに聞いた。

「珍しいどころじゃない。神と同様、伝説として語り継がれている存在だよ。普通、会えない。――というか、『この世界の人たちにとって』って、いやに他人事《ひとごと》だなぁ。君も『この世界の人』だろうに」

「まぁ、そうだけど。ほら私、実家ではまったく教育を受けさせてもらえずに、閉じ込められていたからさ。この世界のこと、あまり知らなくて。だからか、この世界に属しているって感覚が薄いんだ」

それに、私の半分は『この世界の人』じゃないしね。それは言わないけど。

「教育も……ご両親には、そこまで疎まれていたのか」

あら、〝独自の調査〟とやらでアロンも知っているかと思ったけど。

やだな、これじゃ私が一方的に不幸自慢したみたいだ。

あはは、と笑って流しておく。

イヴは眷属の植物馬に、これから先しばらく、町からログハウスまでアロンを送迎するよう命じた。

今後、アロンは週に1回、町の近くの森に待機する植物馬に乗って、このログハウスまで来ることになる。

「じゃあ、頼んだわよ〜」

「お任せください。魔物など寄せつけぬスピードで駆け抜けてみせましょう」

イヴの眷属なのに、イヴ以外に付き従うのは嫌なんじゃないかなと思ったけど、植物馬にそんなそぶりはなかった。

「そうだ、これを。渡すのを忘れるところだった」

別れぎわに、アロンが大きな手提げかばんからクリーム色の布を取り出し、私に手渡した。

布は厚みがあって少し重い。何だろう、これ。

「ローブだよ。君、黒いローブしか持ってないんでしょ。黒は目立つから、これを着るように」

「あ、ありがとう……」

「あと、これも」

アロンは『クダシ虫』除けのお香をくれた。川に入る前にお香の煙を浴びれば、寄ってこなくなるのだという。

『クダシ虫』はウィルの体内に入って悪さをした昆虫型の魔物だ。

これがあれば、これまで通り川で水浴びができるんだね。とても助かる。

「じゃあ、またね」

ぽん、と私の頭をひとつ撫でて、アロンは植物馬にまたがった。

「ハッ」と威勢のいいアロンの合図で、植物馬が駆け出す。その後ろ姿が暗い森の中で見えなくなるまで、私はじっと彼らを見送った。

「ララはあの人間が気に入ったのか？」

いつの間にか隣にいたハティが、突然そんなことを聞いた。

眷属を貸し与えるというイヴの提案に「余計なことをするな」と怒っていたハティは、アロンの見送りにも出てこなかった。

「まぁ、悪い人じゃないとは思うけど。ただ、口が悪いところはあるよね」

そうは言っても、はっきりものを言う人は嫌いじゃない。アロンとはいいお友だちになれそうな予感がする。正直、少し浮かれているかも。

この世界で歳の近いお友だちができるのは初めてだから。

「ララは……あいつに対しては遠慮がないように見えた。会話も、楽しそうだった」

なんだか、声が沈んでる。

「ハティはアロンが嫌い？」

「嫌いではないが……」

「が？」

「少し、いらつく」

「あはは。いい性格してるもんね、アロン」

分かるなぁ。時々イラッとくるよね。『こんなことも知らないわけ？　ハンッ』って感じで偉そうに説教されると、「ムキーッ」てなるよ。

「そうじゃない。俺は、ララとあいつが楽しそうに話しているのを見るといらつくんだ」

ハティの声は小さすぎて聞き取れなかった。

「ハティ？」

ログハウスの玄関が勢いよく開いて、ウィルが駆けてきた。ぽす、と小さな体が腕の中に収まる。

「アロンもうかえっちゃった？　ぼく、さよならいおうとおもってたのに」

食事のあとすぐに眠ってしまったウィルを、病み上がりだからと、私はアロンの見送りのために起こさなかった。

「アロン、もうこない？」

「また来週来るよ」

「ほんと？　よかったぁ」

頭を撫でると、ウィルは頬をすり寄せてくる。顔色もいいし、病気だった面影は、もうどこにもない。本当によかった。

ぎゅう、と抱きしめる。

「姉さま、くるしいよ」

「ハァ……かわいい。大好き」

「ウィルには誰も敵わんな」

ハティが乾いた笑みを漏らす。なになに、拗《す》ねているのかい？　もう、しょうがないなぁ。

ぎゅーっとハティも抱きしめておく。

「ハティも大好きだよ」

「……そうか。俺もララが好きだ」

魅惑の重低音ボイスが重なり合った胸から直接伝わってきて、ちょっとドキドキした。

「だめだよ、ハティ。姉さまはぼくのなんだからね！」

ちっちゃな手で、私とハティを引き剥がしにかかるウィル。

ハッ。これはまさか、嫉妬……!?

姉さま感激です!!

「うんうん、姉さまはウィルのものだよ。下僕だよぉぉぉ」

と、その時。するりとイヴが近づいてきて、ウィルに何かを耳打ちした。

「やくそくのますかっとをはやくよこせ、だって!」

ああ……そうだったね。イヴはほんとにブレないなぁ。ていうか、なんでわざわざウィルに言わせたの?

もう少しラブラブしてたかったけど仕方ない。果樹園で最高級『シャインマスカット』を『創造』してから戻りますか。

7章　ステップアップ

潜伏生活も1カ月半ほど経ったこの日。

《レベルアップ！　『安寧の地』レベルが4になりました。『簡易ログハウス』が『ログハウス』になりました。『キッチン（小）』が『キッチン（中）』になりました。『風呂場（小）』が追加されます》

ついに来ました、お風呂!!

すぐさま確認。トイレの隣に新たに出現した扉を開けると……あった！　が！

……湯船がない。

脱衣所なしの狭い空間に、シャワーがひとつついているだけだ。

「えぇ～！　湯船は～？」

これじゃあウィルとふたりでキャッキャウフフしながら入れないじゃん！

と、内心文句を言いつつも、口元がほころぶ。

湯船がなくても、シャワーがあるだけで十分嬉しい。だってこれで、川で水浴びしなくてもよくなるんだもん。

お風呂場の小さな空間は、床も壁も真っ白な大理石で、清潔感があってとてもいい。

シャワーヘッドはこれ、クリスタル製かな。おしゃれ。

あ、ちゃんと熱湯が出る。これはありがたい。

『風呂場（小）』ってことは、（中）、（大）って今後大きくなるのかな。

そしたら湯船も出現したり……

うむ、次回のレベルアップに期待しよう。

忘れてたけど、これまでのログハウスは『簡易』だった。それが、今回のレベルアップで『ログハウス』に進化した。

変わったのは部屋の広さかな？

いつもくつろいでる部屋が、12畳から、15畳くらいの広さに変わった。

「なにぃ～？　また変化したのぉ、この家。すごいわねぇ」

寝ぼけまなこのイヴはそれだけ言って、もう興味をなくしたのか、再びソファに転がった。

幸せそうな寝顔を見て苦笑する。

あんまりぐーたらしすぎて、太っても知らないよ。

「あ、続き部屋が増築されている！」

扉なしの続き部屋は、6畳ほどの広さだ。

そうだ、これからはこの続き部屋を寝室にしよう。

新しく『収納』から出した絨毯を敷いて、居間にあるベッドを移動して、照明台を出して、っと……

『収納』があれば、目的の場所まで歩いていって出し入れするだけだから、模様替えも楽ちんだ。

居間のほうは、絨毯やソファや照明台はそのままに、ふたり用の小さな机を『収納』して、外で使ってた5人がけの大きなテーブルを出す。

ソファの前にも、脚の低いガラス製の円テーブルを出した。

まだまだ、スペースに余裕がある。

食器棚も置けそうだ。

コーネットの屋敷で中身ごと『収納』したロココ調の食器棚を出す。すると、

「おお……すごく『家』っぽい」

（小）から（中）に変化した『キッチン』はというと……

広さが倍以上になっている！

コンロが2口に増えている！

わぁー！　興奮する!!

流し台も2倍以上の大きさになったし、水しか出なかった水道がお湯も出るようになった。

それに、出窓ができている。

換気もできるってわけか。

これからは外に出なくても、この『キッチン（中）』で料理ができそう。

「ずいぶん住みやすい『家』になったなぁ」

便利な機能は次々増えていくし、至れり尽くせりだ。もう一生、何不自由なくここで暮らせそう。

「姉さまー！　おうちがおっきくなってるよー！」

外で遊んでいたウィルが、息を切らして家に入ってきた。ハティも一緒だ。

ログハウスの外観もかなり変わっていた。

「おお……屋根に色がついてる」

今までは簡素な外観だったのに、全体的に豪華になった感じ。

ドームの範囲も、また少し広がったみたい。

いずれこの広大な原っぱすべてが『安寧の地』の指定範囲になるんじゃないかなって気がする。

「今日は川に行く日だろう？」

ハティからカゴを渡された。中にはタオルが入っている。木の枝に干していた洗濯物を取ってきてくれたようだ。

そっか、今日は3日に一度の水浴びの日だった。

「あのね、ログハウスの中に『お風呂』ができたんだ。だから、これからは川に水浴びに行かなくてもよくなったんだよ」

「そう……なのか」

ハティはちょっぴり、がっかりしているように見えた。

もしかして、川で水遊びしたかったのかも。

「川遊びしたかったら、ウィルと一緒に行ってきていいよ？」

アロンからもらったクダシ虫よけのお香、忘れずに持たせなきゃ。

「いや、そういうわけではないのだが……ララは行かないのだろう？」

「うーん、私はいいかな。川の水、冷たいから苦手なんだ。わざわざ川に行かなくても、家にお風呂があるし」

「そうか……」

「どうしたの？　なんか、悲しそう」

「今日は俺を洗ってくれる日だと……思ったの、だが……」

伏し目がちに呟《つぶや》かれ、ここでようやく、ピンとくる。

私はガバッと白銀の巨体を抱きしめた。

「ごめん、そうだったね、ハティ！　楽しみにしてたんだよね……！」

ハティを洗うのは、いつも私の役目。「ララの負担にはなりたくない」と言うハティは、10日に一度だけシャンプーを所望する。

今日が、その日だ。

なのに私ったら、うっかりしてた。

「やっぱり、私も川へ行くよ！　シャンプーしてあげるからね！」

せっかく風呂場（小）ができたことだし、ハティにも温シャワーを味あわせてあげたかったけど、体の大きなハティは風呂場（小）には入れない。残念だけど、シャンプーするには川へ行くしかない。

「すまん、世話をかける」

申し訳なさそうにしながらも、稲穂のしっぽを振るハティ。

愛《う》い……！

◆◇◆◇◆

以前は森の恵み採取が日課だった朝食後の時間。食材の心配がなくなった今では、畑仕事をするのが日課になっている。

スキル頼りの、楽ちん畑仕事だ。まずは水やり。

水道でお水を『収納』。畑まで歩いて行って、ざばぁっと放水。こんな雑な感じでも、私が『創造』した強すぎる植物たちはしおれたりしない。

雨に似た放水後は、晴れの日であれば、畑の上に薄《うっす》らと虹がかかる。これをハティと一緒にしばらく眺めるのも、大事な日課。

「綺麗だな」

水滴の反射が眩しいのか、ハティが目を細める。灰色の瞳に、きらめく虹が映り込む。私はその目のほうが綺麗だなって思う。そう言うと、ハティは照れる。かわいいから、何度だって言って照れさせる。

「――ウィルが面白いものを見つけたようだ。ちょっと行ってくる」

三角の耳をピンと立たせたハティが、原っぱで遊ぶウィルのもとへ駆けていく。私の隣にいる時も、ハティは時々顔を上げては、ウィルに視線を走らせていた。護衛の任務に抜かりはない。真面目さんだ。

ハティがウィルと合流した。ひときわ大きなウィルの笑い声が響く。私の頬は自然と緩む。

水やりが終わったら、次は在庫チェック。

『創造』を駆使して、足りない果物や野菜を生み出していく。

畑や果樹園の果物は常に実らせておくようにしている。

ウィルがいつでもお腹を満たせるように、姉さまの粋な心遣いってやつだ。

畑には『いちご』。

果樹園には『リンゴ』『ぶどう』『バナナ』『オレンジ』『イチジク』。

小腹が空いた時に、さっともぎ取って食べられるラインナップだ。それから、イヴ用に『マンゴー』と『シャインマスカット』もね。

リンゴをひとつもいで、ワンピースの裾で磨いてからかじってみる。

じゅわっと口の中に果汁が広がった。

「ん〜っ、美味しい！」

さすが青森県産フジリンゴ。

畑にいる時間が好きだな、と思う。

植物や土の匂いは落ち着くし、頬を撫でる温かい風が気持ちいい。ついでに日向ぼっこをして、心も体もぽっかぽか。

「ララ！」

ハティの声に顔を上げると、ドームの前を行ったり来たりしているウィルの姿が見えた。

どうしたんだろう。

「姉さま、はいれないの」

側に行くと、すぐに異変に気づいた。ウィルが、ドームに阻まれている。

透明の壁に頭を打ちつけたみたいで涙目だ。

どうしていきなり？　今まで普通に入れてたのに。

と、頭の中で声が響いた。

《一角うさぎが境界線越えの許可を求めています。許可しますか》

一角うさぎ？　それって、頭に一本角が生えたうさぎの魔物だよね。

一角うさぎとウィルを間違えるなんて、スキル『安寧の地』バグっている？　と、思ったけれど違った。神様がくれたスキルが、バグるはずがなかった。

「あっ、こら！　だめだよ」

「ウィル？」

「あ、あのね、いちごあげたらね、このこがおともだちになりたいっていうの」

「この子？」

そっと見せられた手のひらに、ころんと乗った小さな毛玉。

ぴく、ぴく、とそれは小刻みに震えた。

ぴんと短い耳が現れる。それから、額に1㎝くらいの突起も。

これは……

一角うさぎの、赤ちゃん？

あの日、私たちのお腹めがけて突進してきた、中型犬サイズの一角うさぎ。危うく殺されかけた記憶が、まざまざと蘇る。

「ウィル、その子は魔物だよ？　危ないよ」

「だいじょうぶだよ！　わるさしないってやくそくしたもん」

「約束？」

友だちになりたいと言ったとか、約束したとか、まるで一角うさぎと会話したみたい。

「ウィルはスキル『真実の目』を持っている。一角うさぎの感情を読み取ったのだろう」

いつの間にか定位置──つまり、わたしの隣──にいたハティが言った。

「えっ」

つまり、『真実の目』って、魔物と会話できるスキルでもあるの？

てことは、たぶん普通の動物とも……？

ぶるりと体が震えた。歓喜の震えだ。

動物たちとお話ができる、天使なウィル。オイシイ。

《『一角うさぎ』が境界線越えの許可を求めています。許可しますか》

頭の中で、声が催促する。

「でも、やっぱり、魔物は……」

抵抗ありまくりだ。

最近、クダシ虫のせいで危険な目にあったばかりなのに、また何かあったら……

「ウィルを害すなと命じておいた。命令に反すれば死よりも恐ろしい結末が待っている。この魔物はウィルを害せんよ」

くっく、と笑うハティさん。悪の幹部っぽくてカッコイイ。

ハティがそう言うなら心配ないかもしれない。なんたって、ハティは獣の神様なのだから。

魔物が獣に含まれるかは知らないけど、命令できるなら、ハティが上位に立っているはずだし。

「ウィル、ちゃんと面倒を見るんだよ？」

「うん！」

「〝許可します〟」

「ありがとう姉さま！」

一角うさぎを大事そうに抱えたウィルは、ドームの中へと駆けていく。

去り際、一角うさぎに頭を下げられた気がするんだけど、気のせいだよね……？


その後、幾度となくウィルが持ち帰ってくる小動物たちの《境界線超え》を〝許可〟した。

追加の一角うさぎ、色んな種類の小鳥、土亀に、ネズミ、リス、ハリネズミみたいな魔物、小さな猿……

動物も魔物もさまざま入り混じっている。

ドームの中はわずか数日で、動物園と化した。このままじゃ、ログハウスの中まで侵食されそうだ。これは、まずい。お友だちができるのはいいことだから、あまり強く注意もできないし……。

そこに助け舟を出してくれたのが、イヴだった。

「何かいい方法があるの？」

「ふっ。まぁ、見てなさいな」

そう言うと、イヴはツンとあごを上げてゆっくりと庭に出ていった。私も後を追いかける。

「この辺りでいいかしらねぇ」

やってきたのは、ログハウスの右側の空き地。左側には畑と果樹園があるけれど、こちらには何もない。

「そぉれっ！」

イヴの掛け声と共に、地面からにょきっと植物が生えてくる。私の『創造』でよく見る光景。だけど、生み出される植物の成長スピードは段違いに早かった。

するする、するする伸びていき、巨大な木が形作られていく。高さは15mくらい？　ドームのてっぺんまで届くんじゃないかな。

木板みたいなものが現れて、木の上に『家』ができる。ツタが絡《から》まって、ハシゴと、ハンモックと、ブランコができる。

こ、これは、ツリーハウス！

「すごいよ、イヴ‼　一瞬でこんなの作っちゃうなんて！　さすが植物の神様‼」

「ふふふ、もっと褒め讃えなさぁい」

騒ぎを聞きつけたウィルとハティがやってきた。

ウィルはもう、大はしゃぎだ。

「これ、ぼくの？　ぼくの？」

「そうだよ。イヴが作ってくれたの。お礼を言ってね」

「ありがとう、イヴ！」

「べ、別に。これくらいどうってことないわよ」

ぎゅっとハグされて、イヴは嬉しそうだ。緑の長い髪を指先でくるくる巻いているのは照れ隠しかな。

ツリーハウスは、動物たちの住居兼、ウィルの遊び場となった。

「ねぇねぇ、のぼってもいい？」

ウィルは浮足立っていて、もう我慢できないって感じ。

「うん。気をつけてね」

「はーい！」

「ありがとうね、イヴ」

お礼を言うと、イヴは唇をすぼめた。

「たまには貢献しないとね。役立たずって追い出されたくないもの」

語尾が気弱に濁《にご》される。まったく、イヴってば、ぜんぜん分かってない。

「あのね、イヴは私にとって、もう離れられないくらい大切な存在になっているの。追い出すなんて、するわけないよ」

頑張りすぎちゃダメ。肩の力を抜きなさい。たまにはわたしとお昼寝しましょう。

そう言って、イヴは私をソファへと誘う。

じゃあちょっとだけ。そうして惰眠を貪り起きた頃には心がすっきり軽くなっている。

この潜伏生活で、責任とか、恐怖とか、ストレスとか、そういう重荷に潰されないで済んでるのは、だからイヴのおかげ。

あらためてお礼を言うと、イヴはうふふと笑って、また緑の長い髪を指先でくるくる巻いた。

ウィルはもうずいぶん上のほうにいる。見上げる私に、ハティがすり寄ってくる。

「俺だって、これくらい……」

どうやら拗ねているみたい。ぎゅーっと抱きしめておく。ハティにも、いつも感謝してるよ。ありがとうね。

「大人組はツリーハウスの下でお茶でもしようか」

そう提案すると、ハティもイヴも乗り気で頷いた。

ツリーハウスは豊かな葉を広げていて、いい具合に日の光を遮ってくれる。『収納』に入れておいたアツアツ紅茶の出番だ。


そして……

頭に小鳥を乗せ、肩に猿を乗せ、胸に一角うさぎを抱いて、ウィルは順調に〝魔物使い〟化している。

餌は『植物創造』で無限に出せるし、お水も水道水で無限にまかなえるので問題ない。何も問題ないのだけど、ちょっとやりすぎな感じはある。なんか、間違った方向に進んでいるような気がしなくもない。

ま、小動物と会話しているウィル、とんでもなくかわいいからいっか！

畑仕事をしながら、小動物と戯れるウィルを観察するのが、私の新たな日課になりつつある。

ほのぼのほんわか幸せ空間。顔がにやけちゃうね。

ただひとり、ハティだけは不満顔。小動物たちにウィルを取られた気がして寂しいのかも。

◆◇◆◇◆

「……家、大きくなってないかい？」

ログハウスを見上げ、アロンは顔を引きつらせた。

今日は週に1回の薬草取引の日。植物馬に乗って、アロンが私たちの拠点までやってきた。

「レベルアップしたんだよ」

「レベルアップ……この家は成長するわけか……」

「そういうこと。さ、どうぞ」

ログハウスに通すと、アロンはまた顔を引きつらせた。

「……部屋が増えている」

「あ、人間の男！　また来たの？」

イヴがソファから立ち上がる。

「おじゃまいたします」

イヴに視線を走らせたアロンは、目まいでも起こしたみたいに目を瞬かせた。イヴの美しい容姿はあり得ないほど完璧で、見慣れないうちは苦労する。さすが、美の女神様。

「あ、アロンだ！」

とてとてとウィルがやってくる。

アロンがハグで受け止めた。「やぁ」と挨拶する。

アロンは意外と面倒見がいい。ウィルは『真実の目』でそのあたりを敏感に察知しているのか、アロンによく懐《なつ》いている。

「あのね、おともだちがたくさんできたんだよ。きて、みせてあげる」

「……ララ、ウィルくんが腕に抱いている生き物は何だい？　一角うさぎのように見えるのだけど……どうか見間違いだと言ってくれ」

「見間違いじゃないよ。その子は一角うさぎのピッピだよ」

「まさか、魔物を手懐けているのかい？」

「ウィルは魔物や動物と仲よくなれる『スキル』を持ってるの」

「本当に、君たち姉弟はどうなっているんだ。会うたびに常識が破壊されていくようだよ」

「よかったね。常識に捉われない、広い視野を持った人間になれるよ」

あれ、なんで睨むんですか。解せぬ。

「はやくいこうよ〜！」

アロンはいつも、午前10時頃うちに来る。そこからお昼まで、ウィルの遊び相手をして、昼食を食べて、私たちへの〝常識指導〟をしたあと、帰り際にささっと薬草取引を済ませる。

アロンは薬草取引のためにうちに来ているはずなのに、最近はすっかり、取引が「ついで」の立ち位置だ。

「ララ、今日が私の命日にならないよう祈っておいて」

「大丈夫。ならないから。……毎度ごめんね、アロン。すぐにお茶を淹れて、持っていくね」

いつも進んでウィルの遊び相手になってくれるアロンだけど、今日は魔物の〝お友だち〟も一緒だからね……心中お察しします。

「ああ、そうだ。これ、お土産」

アロンが渡してきた麻袋を広げると、

「魚だ！」

「海の魚だよ。珍しく、市場で売り出されていたから」

あの町の近辺には海がない。時間停止機能付きの『収納』でも持っていない限り、鮮度を保っての運搬は難しく、だから、町の市場に海の魚は滅多に並ばない。

けっこう大きな魚だ。さっそく『鑑定』する。

《銀サコ。淡白な白身魚。深い海に生息する》

ふむふむ。淡白な白身魚なら、パン粉をつけてフライにしたらいいかも。

『創造』したトマトでソースを作って、クリームソースを加えても美味しいかな。

「ありがとう！　海の魚は久しぶり。お昼はこれを料理するね」

「お、今日も美味しい食事にありつけそうだね。買ってきたかいがあるよ」

「さては、自分が食べたくて買ってきたんでしょ」

「バレた？」

メガネの奥で青い瞳を細めるアロンはにっこにこだ。憎たらしいほどイケメンだな。

「アロン～、まだぁ～？」

「今行くよ。ララ、お茶はいいから、お水を一杯もらえるかい？」

冷たい水道水をぐいと一気に飲みほしたアロンは、凛々《りり》しい顔つきになる。覚悟が決まったようだ。さっそくウィルに連行されていくアロンを、私は苦笑して見送った。


「なぜあいつをここへ呼ぶ？」

キッチンで魚を捌き始めたところで、背中にすり寄ってきたハティが不満そうに言った。

『あいつ』とは、言わずもがなアロンのことだ。

ハティはアロンが苦手、なのは分かっているけど……

「かりかりしないで、ハティ。週1回の取引をここでするっていうのは、もう決まったことじゃん。それにアロンは、私たちの潜伏生活を助けてくれる大切な協力者だよ」

「分かっている。だが、あいつはララに対してあまりに馴れ馴れしい。腹立たしくてかなわん」

「お友だちって、そういうものじゃない？」

「そうだろうか。俺には友がいないから、判断がつかない」

「お友だち、いるじゃん。私と、ウィルと、イヴ。私はハティのこと、親友くらいに思ってたけど、ハティは違うの？」

「……ララとウィルは、友ではなく、家族だ。イヴはただの居候《いそうろう》」

ハッとする思いがして、調理の手を止める。

「家族、そうだよね。ハティは友だちよりも大切な存在だ。友だちとは、違うか。ごめん」

「分かればいい」

パタパタとしっぽが振られる。もふもふ艶やかな質感に、たまらず抱きついた。

表面は冷たいのに、毛の中に手を入れると温かい。気持ちいい。

「……俺以外の男にあまり愛想を振りまかないでくれよ、ララ」

苦笑する。

「愛想振りまいてなんかいないよ」

「ララは人たらしだからな。みんなララを好きになる。これ以上変なやつを引っ掛けてこないか心配だ」

「そんなことないってば。もう、心配性だなぁ」

うりうりと顔のあたりを撫でると、ハティは気持ちよさそうに表情を緩めた。

ハティがいてくれてよかったと、私は常々思っている。私ひとりだと、この潜伏生活は絶対にうまくいかなかった。確実に、逃走初日に魔物に食べられて死んでいた。

ハティがいつも心配してくれて、守ってくれるから、私とウィルは安心して過ごすことができる。毎日心が温かく満たされて、幸せ。

「それにしても、イヴが『ただの居候』っていうのは可哀想じゃない？」

「あいつに関しては、それくらいの扱いがちょうどいい。一線引いておかないと、一生つきまとわれることになるぞ」

「聞こえているわよぉ～？」

イヴがキッチンの入口の壁にもたれかかっていた。

こうしてじっとしてれば、とんでもなく美しい女神様なんだけどな。普段はどうしても、残念な部分が目につくけど。

「そんなに心配しなくても、一生つきまとうに決まっているじゃない。こんないい子、逃さないわよ」

イヴは私にするりと細腕を絡めて言った。

「クソ、だからお前に頼るのは嫌だったんだ」

「んふふ、あの時のあんたの慌てようは見物だったわねぇ。１００年は笑いのタネにできそうよ」

ジャイアントベアーに負わされた怪我を治してくれたのはイヴで、自分は治癒魔法が使えないからと彼女を呼びに行ってくれたのがハティだった。

もう一月半ほど前のことになる。そんなこともあったなぁ、と懐かしい。

「やだぁ、ララちゃんまた、お胸が大きくなったんじゃないのぉ？」

「う……、そうなんだよね」

屋敷から持ってきたワンピースの胸元が苦しい。生地がいいからずっと愛用してきたけど、そろそろ買い替えないとダメかなぁ。

「ずるいわ。同じものを食べているのに、どうしてこんなに差ができるのよ」

イヴはどちらかというと、スレンダーだからね。でも、それが美しいんだけど。

と、長い指が胸元に侵入してきて、揉《も》まれた。……は⁉

「ちょ、やめてよイヴ……っ！」

一気に顔が熱くなる。ブラもないから、揺れる揺れる。

「いいじゃない。減るもんじゃなし」

減るっつうの！　神経が！

やだ、もう、そんなところ誰にも触らせたことないのに！

悲しいかな、前世も含めてな！

「は、ハティ……」

涙目で助けを求めるも、ハティは顔をそむけて震えている。

ちょ、えぇ！　なんで、護衛騎士でしょ！

今こそ助けてよ～！

イヴがにやにやとハティを見た。

「あら、反応しちゃった？」

「せんわっ！」

◆◇◆◇◆

作り終えた昼食をすべて『収納』し、時間を持て余した私は、ウィルと遊ぶことにした。

ツリーハウスと周辺の庭を使って鬼ごっこをする。

現在の鬼はアロン。

ウィルはツリーハウスにすいすい登って逃げ、私もあとに続いた。

最近は筋力もだいぶついてきて、木登りも楽にできるようになった。

『体力∞』の恩恵でまったく疲れないから、筋力さえ追いつけば、際限なく動き続けられる。

「君たち、おかしいって。どうしてそんな余裕なわけ」

荒い息をしながら、アロンが追いかけてくる。

遊び始めてそんなに時間は経ってないのに、もうへろへろだ。

汗びっしょりで、メガネはずれ、結んだ灰色の髪は乱れまくり、なんだか10歳くらい老けたように見える。

「忘れたの、アロン。私たちにはハティがくれたスキル『体力∞』があるんだよ。簡単に捕まるわけないじゃん」

「不公平だ……」

「大人の男から逃げるんだから、正当なハンデだと思うけど」

「んなわけあるか」

おや、口調が荒くなっている。そんなに余裕がないのか。

私とウィルはぜんぜんへっちゃらなのに。元気があり余っているくらい。

青いものがふと視界をよぎった。見ると、青い小鳥が小枝に止まっている。

ウィルのお友だちね。

綺麗な色だ。こんな鮮やかな青、見たことない。何て種類の鳥だろう。

《レベルアップ！『鑑定』レベルが4になりました。説明文が一文追加されます。説明文が4行になりました》

『鑑定』をかけると、レベルアップのお知らせが響いた。いつもながら、急なタイミング。

説明文が1行追加、4行になった。

《ブルーサファイア。癒やしの魔法を使用できる魔物。現在絶滅の危機に瀕している。ララ・

コーネットとウィル・コーネットの眷属》

ブルーサファイア。宝石の名前がつくのも納得だ。こんなに綺麗なんだもん。

ていうか、普通の小鳥に見えるのに、魔物なんだ!? 魔物は凶暴だって聞くけど、ぜんぜんそんなふうに見えない。

……ん?

『ララ・コーネットとウィル・コーネットの〝眷属〟』? とは何ぞ?

「捕まえた!」

「あ!?」

『鑑定』に夢中になって、警戒をおろそかにしていた。

「ハァ……やっとだ」

アロンはツリーハウスを降りて、へろへろと原っぱに倒れ込んだ。

あちゃぁ、鬼になっちゃった。

アロンにタッチし返すのはさすがに可哀想か。となるとウィルだけど……ウィルも疲れ知らずだから、捕まえるのは大変そう。

「おにさんこっちだ。てのなるほぉえっ」

ウィルがツリーハウスの小窓から顔を出して挑発してくる。満面の笑み。もう、かわいいなあ。

「ふっ。すぐに捕らえてやるぞ。待て〜！」

「きゃ〜っ！」

ウィルを捕獲できたのは1時間後。

「ハア、ハア、ハア」

『体力∞』持ち同士の持久戦は、私の完敗だ。

ウィルはもともと運動神経も反射神経もいい。それに加え『体力∞』スキルがあるのだから、もう動きが人間じゃない。

猫のように走って飛び跳ねて、なかなか捕まらないのだ。

たぶん、最後に捕まえることができたのは、ウィルが手加減してくれたおかげ。

汗びっしょりのアロンにシャワーを浴びるように伝えて、お風呂場に案内した。

予想通り腰を抜かしてた。簡易的なシャワーでも、この国にはない技術力が詰まっている。

最後には悟ったような目になって、

「もう何が来ても、君のことだからって、驚かないようにするよ……」

なんて言っていた。

驚くのもそろそろ疲れたみたい。

◆◇◆◇◆

「あの町に、コーネットの追手がもうすぐ到達するとの情報が入ったんだ」

午後のティータイム、紅茶で一息ついたアロンは、突然、そう話を切り出した。

あの町とは、私がいつも買い物に出ている、アロンが住む町のことだ。

心臓がぎゅっとなる。

彼らはまだ、私たちを諦めていない。

「買い物に出るなら、もうあの町はやめたほうがいい」

「分かった。情報ありがとう」

こういう時、つくづく感じる。アロンが味方になってくれてよかったって。もし、何も知らずに町へ行き、追手と鉢合わせなんてことになってたら……考えるだけで恐ろしい。

かわりの町が必要でしょ？　とアロンは続ける。

「ここから西の方向に、ミナヅキ王国のアカツキという街があるんだけど――」

私たちが拠点にしている『中立の森』は、4つの国に接している。

接しているのは、以下の4カ国。

・リーベル王国
・ミナヅキ王国
・タリス王国
・トランスバール帝国
リーベル王国は、私の故郷。

ミナヅキ王国はアロンの故郷。

いつも買い物に出ている名もなき町が所属するのが、タリス王国だ。

アロンが指定したのは、彼の故郷、ミナヅキ王国にある街だった。

「私もこれを機に、アカツキに拠点を移す。もし買い物に出るなら、街中を案内するよ」

「私は助かるけど。わざわざミナヅキ王国の街に拠点を移すなんて、アロンは大丈夫なの？」

アロンはミナヅキ王国のノヴァ侯爵家の跡取り息子。だけど、家を継ぎたくなくて薬師をしながら世界中を逃げ回っている……確か、そうだったよね？

「国に帰ったら、お家の人に捕まるんじゃない？」

「大丈夫。アカツキを治める辺境伯は私の顔を知らない。領内をうろついても、私がノヴァの跡取りだとはバレっこないさ」

逃げることに関して、アロンは相当の自信があるらしい。黒い笑みはどこか面白がっているふうですらある。

「アロンがそう言うなら、いいけど」

「さっそくだけど、来週はどうかな？」

「へ？」

「取引のあと、アカツキの街へ出ない？　それまでに引っ越しは済ませておくからさ。ここからなら、〝植物馬〟に乗って2時間もあれば到着できるはずだよ」

ぱしっと、稲穂しっぽが私の足を叩いた。ハティだ。また不機嫌になってる。

「……俺が送っていくからな。馬にふたり乗りはダメだ」

「うん！　ありがとう」

頭を撫でて笑いかけると、ハティはたちまちフニャ顔になる。かわゆい。

アカツキは、辺境伯の直轄地だけあってかなり大きな街で、これまで買い物をしていたタリス王国の田舎町よりもずいぶん発展しているらしい。

タリス王国の田舎町になかった物も、手に入るかもしれない。

たとえば、生地のいい服とか、調味料とか。

楽しみだ。

「それから、君のスキルの件だけど」

「ほへ？」

いけない。だらしない顔で振り向いちゃった。

アロンの眉間にシワがよる。

すみません、ちゃんと真面目に聞きます。

「君が調べてほしいと言っていた『安寧の地』、やはり未確認のスキルだったよ」

アロンには、私のスキル『安寧の地』を持っている人がほかにもいるのか、調べてもらっていた。

教会は『判定式』で判明したスキルを公表している。問い合わせれば、けっこう簡単に教えてくれるらしい。ただし、ここ２００年に出たスキルに限られるけど。

しかし、〝未確認〟か。

『安寧の地』は、私だけのスキルなのかな……

そうだといい。

敵やその攻撃を一切通さないドームに囲まれる、インフラ設備のすべて整ったログハウス。

もし戦いになった時、『安寧の地』の性能を知らない敵は、きっと混乱する。そのぶん、こちらが優位に立てる。

ちなみに、『植物創造』『真実の目』『体力∞』は、私とウィルだけが持つスキルだってことは分かっている。過去、誰にもあげたことがないと、ハティとイヴが証言しているからだ。

しばらくすると、毎度お決まり、アロンとイヴの薬草談議が始まった。私とハティはこっそり席を離脱する。

薬師にとって植物の神様が目の前にいるのは最高にテンションの上がる状況らしく、アロンは鼻息荒く、さまざまな植物についてイヴと議論を戦わせる。面倒くさがりなイヴがちゃんと相手をしているのは意外だ。

……て、それはいいんだけど、アロンは私とハティまで無理やり議論に参加させようとするから嫌なんだよね。議論の内容なんて意味不明だし、私はハティをモフっているほうが楽しい。ハティも私にモフられているほうが楽しい（たぶん）。てことで、ふたりで避難。

絨毯に座って、ハティのブラッシングをする。

この豚毛のブラシはお母様が使ってた上等品。今ではハティのお気に入りだ。

気持ちよさそうに伸びをする姿は、体が大きくなっても昔と変わらない。

ふと思い立って、「そういえば」と私はハティに聞いた。

「さっきね、ツリーハウスにいる青い鳥を『鑑定』したら、『ララ・コーネットとウィル・コーネットの眷属』って出てたの。〝眷属〟って、配下って意味だよね。私、あの鳥を配下にした覚えはないんだけど、ハティが何かしたの？」

「いや。ララとウィルを害するなとは命じたが、眷属になれとまでは命じていないぞ」

「そうなの？　じゃあ、どういうことだろう……」

「まぁ、よいではないか。眷属はあるじを絶対に害せなくなるのはもちろん、あるじの命令にも絶対服従になる。それだけ、ララとウィルの味方が増えるということだ。問題は何もない」

「うーん。よく分かんないけど、問題ないならいっか」

私が眷属化の原因を突き止めるのは、まだ少し先のことになる。

まさか、アレにそんな作用があったなんて……


「さて、引っ越しの準備もあるし、そろそろ私はお暇《いとま》するよ。薬草をお願いしていいかな？」

小一時間ほど経ち、アロンが満足顔で手を鳴らす。大変、肌艶のよろしいことで。

アロンは畑にしゃがみこみ、青い目を爛々と輝かせた。

薬草が『創造』される場面を見るのは、アロンのお気に入りの一時だ。

今回の注文は、３種類の薬草。

何に使うのかなぁ、と『鑑定』すると……

《月草。ハイポーションの素材。高原の岩場に独生。10年の年月をかけて月の光を栄養に育つ》

《下虫草。下剤の素材。川辺に群生。クダシ虫の死骸を栄養に育つ》
《ナナホシの花。惚れ薬の素材。砂漠に独生。硫黄を栄養に育つ》
惚れ薬⁉　アロンはそんな怪しげな薬まで作っているの。ちょっとびっくり。
とはいえ、こちらもプロですから、薬の用途については深く突っ込みませんけどね。
ところで『月草』って、育つまでに10年もかかるんだね。
『ハイポーション』が〝伝説級〟の薬になるわけだ。

そして「さよなら」の時間がやってくる。一日中一緒に過ごしたせいか、別れはちょっぴり切ない。

「またね、アロン！」

突進のようなウィルのハグにも、アロンは笑顔で対応する。仲よしな様子は兄弟みたいで、微笑ましい。

「――そうだ、ララ」

植物馬の鞍を調整し終えたアロンが、私を振り返る。

「『ミナヅキ王国』が黒髪黒目に寛容だからって、変装なしでアカツキへ行こうなんて思ってないよね？」

ドキッとする。

うん。まさに、ローブいらないよね、とか思ってました。だってさ、「黒髪黒目が珍しくないなら、変装しなくても街に紛れ込めるんじゃないかな？　逆にローブで変装するほうが、『何かあるのか？』って怪しまれない？」

「君の容姿は、黒髪黒目が珍しくない街でも目立つんだよ。ローブのほうがまだ目立たない」

「でも」

「馬鹿」

頬をつねられ、顔をのぞき込まれる。

不機嫌そうな深い青が、メガネの奥から私を射竦めた。

「君ね、そろそろ自分の容姿の美しさを自覚したほうがいいよ」

か、顔！　顔、近いよ……！

アロンこそ、自分のイケメン具合を自覚したほうがいいと思う。心臓に悪い！

「ふっ……こうしているとブスなのになぁ」

散々私の頬を弄んだあと、アロンは植物馬にまたがり、「じゃあまた来週、ここで」と去っていった。ドギマギする私を残して。

……て、なんでドギマギしているんだよ、私！

「クソが」

荒く吐き捨てたハティが、私の頬を舐めた。これでもかと、ずっと舐めてくる。

「わ、待って、ハティ、ちょ、やめ」

「じっとしてろ」

「や、くすぐったいよ」


その夜、新たなレベルアップの知らせが頭の中に響いた。

《レベルアップ！『収納』レベルが4になりました。容量300㎥を開放します》

・ララ・コーネット
・14歳
・スキル：『鑑定レベル4』『収納レベル4』『安寧の地レベル4』『体力∞』『植物創造レベルMAX』
・眷属：ピッピ他（一角うさぎ×4）、アオ（ブルーサファイア）、モカ他（火ネズミ×5）

・ウィル・コーネット
・6歳
・スキル：『剣聖』『体力∞』『真実の目レベルMAX』
・眷属：ピッピ他（一角うさぎ×4）、アオ（ブルーサファイア）、モカ他（火ネズミ×5）

8章　ミナヅキ王国へ

《レベルアップ！　『安寧の地』レベルが5になりました。『キッチン（中）』が『キッチン（大）』になりました。『風呂場（小）』が『風呂場（中）』になりました》

「さて、注目～！　ここにありますはコーネット産のハンカチ！　これをこうして沈めると……、風船ができました～！」

「わぁ、すごい！　ぼくもやる～！」

「はい、どうぞ」

「できたー！　みてみて姉さま！」

「次に、この風船をこうして沈めて手で潰すと……」

ブクブクブク……！

「きゃーっ！　ぼくも！　ぼくも！」

ただいま私とウィルは入浴中。そう、念願のレベルアップにより出現した、できたてほやほやの湯船に浸かっているのだ！

お湯の中で風船を潰すと、大量の空気が泡になってのぼっていく。

ウィルはこの遊びをエンドレスで繰り返した。楽しいよね、分かるよ。私も昔はよくやってもらったなぁ。前世のお父さんに。思い出して、鼻の奥がツンと痛くなる。

アヒルさん人形がなくても、ハンカチ1枚あればお風呂は十分楽しめるのだ。

湯船は木製の一般家庭サイズ。見つけた時には、既にお湯が張ってあった。ご丁寧にありがとうございます。

この世界でお湯に浸かるのは初めてのこと。あまりの嬉しさに絶叫しちゃった。で、すぐにウィルを連れて朝風呂とキメこんだってわけ。一緒に入ってもらうまでには、ひともんちゃくあったけど。

「湯船でキャッキャウフフするのだ。ぐふふ」

と、上機嫌に呼びに行くと、ウィルは一言。

「……ぼく、いい」

「えっ！　なんで⁉」

「ぼく、もうすぐ7さいだよ。ひとりではいれるもんっ」

「そんなぁ……」

弟がどんどん姉離れしていく。悲しい。悲しすぎて、私は泣いてしまった。

「ご、ごめんね姉さま！　はいる！　ぼくいっしょにはいるから！　なかないで……？」

「本当⁉　よし、入ろう！　今すぐ入ろう！」

涙は一瞬で吹き飛びました。すぐさまウィルを抱っこして、お風呂場に連行。

あれ、ウィルくん、どうしたのかな？　目が死んでるよ？　何か嫌なことでもあったのかな？

でも大丈夫。温かいお湯に浸かれば、すぐに元気になるからね！

と無理やり湯船に浸けて、今に至る。

「じ、じぶんであらえるってばぁ」

タオルで洗ってあげると真っ赤になるウィル。血流がよくなったのかな。

ハァ、ウィルくんのお肌真っ白ですべすべ。金髪も長めだから女の子みたい。かわいい。

そろそろ髪の毛切ってあげないと。もったいないけど。

「ハティ、入っておいでー！　シャンプーしてあげる」

ウィルを再び湯船に浸からせたところで、ハティを呼ぶ。この広さなら、ハティも入れるんじゃないかって思ったんだ。

「い、いいのか？」

「もっちろん」

結果は、入れるには入れるけど、ギリギリ。体が壁に当たってほとんど動かせていない。残念ながら、湯船に浸かるのは無理そう。それでも、シャンプーはできる。

石鹸をたっぷり使って、白銀のモフ毛を泡立てる。指を沈めて、マッサージするように揉みほぐしていく。

「ハティ、気持ちいい？」

「うむ」

ハティは舌をだらりと出してリラックスモードだ。泡を含んだ毛並みが気持ちよくて、私はいつも長々とシャンプーしてしまう。私にとってもこの時間は、至福のひとときなのだ。

丁寧にシャワーで泡を流し、すべての過程は終了。

「ありがとう、ララ」

「どういたしまして」

お礼のつもりなのか、ハティが頬を舐めてくる。私はくすぐったくて身をよじったのだけど、その時、予想外のことが起きた。

ペロペロ、ペロペロ、長い舌が首筋をかすめて――

「ひゃっ」

変な声が出てしまった。初めて聞く、自分の甘い声。私もびっくりしたけど、ハティはもっとびっくりしてた。耳をぴくつかせたハティは固まって、次の瞬間、私を冷たいタイルの床に押し倒した。

「……ハティ？」

見下ろす灰色の瞳が不穏な光を帯びる。獲物を狙う時のような、そんな——

ゾクリ、と背筋が震えた。

「だめだよ、ハティ！」

ウィルも不安そうな声を上げる。

お風呂場の扉が勢いよく開いたのは、場の空気が最高潮に張り詰めた時だった。

「はぁい、そこまでよワンちゃん。ちょーっとわたしとお話ししましょうねぇ？」

そうして、ハティはいきなり現れたイヴによってつまみ出されていった。

「今の、なに……？」

ぺたんとタイルにお尻をつけ、呆然とつぶやく。天と地がひっくり返ったみたいな、すごい衝撃。

……一瞬、食べられるかと思っちゃった。

そんなこと、絶対にあり得ないって、分かってるけど。

勢いよくお湯に浸かると、ぶるりと体が震えて、全身に鳥肌が立った。

私、初めてハティを、怖いと思った。

「は、発情期!?」

居間のソファに腰掛けて、イヴはハティの様子が変だった理由を語った。

「そう。彼も、神とはいえ『獣』には違いないから。『発情期』もちゃんと来るのよ」

なるほど、この話をするために、ウィルを外に遊びに行かせたのね。

こんな話題、6歳には聞かせられないよ。

しかし……

は、はつじょ……ハティが、はつじょう……

「ララちゃんの裸に欲情したのがきっかけで、その時期がやってきちゃったみたい」

カァ、と頬が熱くなる。

つまりハティは、お風呂場で私を押し倒したあの瞬間、〝私に欲情してた〟ってこと？

何でだろう、心臓がうるさいよ。相手は狼だっていうのに。

「あの、ハティは今どこに……？」

そう、お風呂から上がったら、ハティの姿はどこにもなかった。そのまま、イヴによる説明タイムに入ったわけだけど……

「頭を冷やすって出ていったわ」

「そう……デスカ……」

ダメだダメだ、頬の熱が引かない。一体このあと、どんなを顔してハティに会えばいいの。

「ふふ。面白くなってきたわねぇ。ま、2、3日したら戻ってくるだろうから、これまで通りに接してあげなさいな。あんまり気にすると、彼も肩身が狭いだろうから」

「うん、分かった」

まぁ、『欲情』といっても、それは性欲から来るもので、別にハティが私に対して恋愛感情を持っているわけじゃない、と思う。

そもそも、人間に欲情すること自体がバグみたいなものだろうし。

だって、獣と人間はどうやったってつがえない。

いつも通り、いつも通り……

そう念じるのに、うまくいかない。ハティが今頃、どこで何をしているのか、どうにも気になって。

まさか、狼の女の子で性欲を発散中とか……

あああ、もう！　考えちゃダメだってば！

頭を抱えている私を見て、イヴが声を上げて笑う。

こういう時のイヴは余裕たっぷりで、大人のお姉さんって感じがする。

精神年齢19歳でも子供な自分が悲しくなってくるよ。

◆◇◆◇◆

1日が過ぎ、2日が過ぎ、結局、3日経ってもハティは帰ってこなかった。

護衛のハティがいない間は森へは入らないほうがいいとイヴに言われて、この3日はずっと『安寧の地』のドーム内で過ごした。

普段、森を遊び場にしているウィルには、閉じ込められたような気がして息苦しかったみたい。

とはいえ、ドームの中にはツリーハウスがあるし、お友だちの小動物たちもいるから、つまらない時間を過ごしたわけではない。

つまらない時間を過ごしたのは私のほうだ。いつも当たり前に側にいたハティがいないと、心にぽっかり穴が空いたような気がして、何に対してもやる気が起きない。

ハティに想いを馳せては、今頃どこで何してるんだろうって、ずっと悶々《もんもん》とした時間を過ごしてた。

そして今日は、ミカヅキ王国にある街『アカツキ』に出かける日。

「やぁ、ララ。なんだか元気がないようだけど、何かあったの？」

植物馬に乗って現れたアロンは、いつもより重装備だ。濃紺のローブの下には革鎧が見えるし、帯剣もしている。

ハティの不在を告げると、「街へ行くのはやめておくかい？」とアロンが気遣ってくれた。

気遣われるほど私、ひどい顔してるのかな？

「行ってきなさいよ」とイヴが口を挟んだ。

今日のイヴは、なんだか押しが強い。「でも……」としぶる私に、「アカツキの『タロ芋』がどうしても食べたいのぉ。買ってきて」と、無理にでも出かけさせようとする。

「ね、ウィルくんはわたしが見ておくから」

そういえば、ウィルが一緒に行きたいって駄々をこねないのは珍しい。

一緒に行きたいよね？　とたずねると、ウィルはイヴをチラチラと気にしながら「べつにっ。いきたくないよ！」と慌てて答える。

……なんか、怪しい。

いくらか押し問答があったすえ、私たちは結局、予定通りアカツキの街へ出かけることになった。もともと行きたい気持ちはあったし、この頃になると、なんでハティの心配ばっかりして、楽しみをお預けにしなきゃなんないのって、私、キレ始めてた。

「白いローブを」

「分かってる」

アロンに言われ、彼にもらったクリーム色のローブをいそいそと羽織る。ぱっと見は地味なローブは、平民街にもうまくなじみそう。それでいて、よく見れば上等な品であることが分かる。抜かりのないアロンらしいチョイスだと思う。

「姉さま、きょうはハティ、かえってくるかな？」

一角うさぎを抱えたウィルが不安そうに言った。

「うん、帰ってくるよ。イヴがそう言ったもん」

「うん……そうだよね。いってらっしゃい姉さま！」

笑顔でお見送りしてくれるウィルをぎゅっと抱きしめる。

「お土産たくさん買ってくるね」

「うん！　ベリーパイね！」

「おっけい。任せといて」

送ってくれるはずだったハティはいない。かわりに、植物馬にふたり乗りする。ハティはダメって言ってたけど、そんなの知らない。

「飛ばします。しっかりとおつかまりください」

軽快に駆け出す植物馬。想像以上の速度で、通常は馬車で1日以上かかる距離をたった2時間ほどで走り抜けた。

ハティだったら1時間もかからないとは思うけど、植物馬も十分早い。

◆◇◆◇◆

『アカツキ』は塀で囲われた大きな街だった。

見上げるほど高い門の前には数人の門番がいて、彼らの審査を受けなければ、街に入ることはできない。

「薬師のアロンです。こちらが『薬師ギルド』の登録カードです。はい、自宅はこちらです。薬草を仕入れ、帰ってきたところです」

アロンが門番の質問にスムーズに答えていく。慣れてるって感じ。

「彼女は私の妹です。ああ、顔の包帯は火傷のあとがひどく、それを隠すために……」

うっ、とアロンが涙に声を詰まらせる芝居をする。

笑っている口元は、うまい具合に門番には見えない。

森を抜ける前に、私は顔の上半分を包帯でぐるぐる巻きにされている。まるで、出来の悪いハロウィンコスプレのミイラみたい。

アロンてば、私の顔にぎゅうぎゅうと包帯を巻きつけながら、悪魔のように笑ってた。分かってたけど、アロンって絶対Sだ。それも、ドS。

門番さんは、悲痛な面持ちで「可哀想に」なんて言ってくれる。いい人だね。

なんやかんやで、5分ほどのやり取りのあと、あっさり街へ入ることができた。

「ふぅ、うまくいく勝算はあったけど、少し緊張したよ。君が何かやらかさないかってね」

「言われた通り、ちゃんと黙ってたじゃん」

「うん、偉い偉い」

適当にあしらわれてイラッとするも、すぐに気が抜ける。

「本当にどうしたの、今日は。いつもならここでガミガミ噛みついてくるくせに。もしかして、ハティ様が旅に出ているから？　寂しいとか？」

にやにやと、うっとうしい。

アロンってば、ほんと意地悪だね。

分かっててからかってくるんだから。

「さっさと行くよ」

「はいはい」

……そりゃあ、寂しいに決まってるじゃん。

早く帰ってきてよ、ハティ。

◆◇◆◇◆

アカツキの街は、タリス王国の田舎町と違っていかにも都会っぽい。

漆喰壁の家々が均等に密集して立ち並び、道には石畳が綺麗に敷かれて、等間隔に街灯まで立てられている。

道行く人々の衣服も上等だ。

浮浪者も見かけないし、たぶん、ここは裕福な街なのだと思う。

アカツキを治める辺境伯はかなりのやり手みたい。

ところで、黒髪黒目の人、未だに見かけないんだけど。どういうこと？

ミナヅキ王国には普通にいるんじゃなかったの？

「先に『薬師ギルド』に寄っていいかい？　一度街を出たら、手続する決まりなんだ」

「うん」

「おや、『薬師ギルドって何？』って聞かれるかと思ったけど」

「それくらい知ってるよ！」

ちゃんと本を読んで勉強してるんだから。

『薬師ギルド』はあれでしょ？　薬師の全員に加入義務が課せられた〝強制加入団体〟で、これに入らないと、薬師は薬を売っちゃダメなんだよね」

「おお……正解。今日は槍が降りそうだね」

「なんでそんなに驚くわけ？」

薬師ギルドは簡素な事務所って感じだった。

事務員以外ほとんど人はいないし、ロビーにはソファセットが置かれているだけで寂しい。

アロンが受付で用事を済ませるまで、掲示板を見て過ごす。

『熱冷ましの薬、1人分、銀貨1枚、ホローの店』

希望する薬の種類と、量と、金額、それから依頼者。ふむ、貼ってあるのは薬の依頼書らしい。

薬師はこの掲示板から仕事をとったりもしているのかも。

「お待たせ」

「もういいの？」

「ああ。約束通り、街を案内するよ。それと、すまない。あとでもうひとつ寄りたい場所があるんだけど、いいかな？」

「寄りたい場所？」

「今、急な依頼が入ってしまって。薬を届けに行くんだ」

なるほど、アロンが仕事をしている姿を見学できるわけか。

「先に届けに行かなくていいの？」

「あとでいい。今日は、君に付き合う約束だからね。それで、行きたい場所はある？」

「洋服が見たいな。私と、ウィルの分」

「それなら、今受付の女性にいい店を聞いてきたから行ってみよう。案内するよ」

ほぉ……

気が利くな。

エスコートもスマートで、さすが22歳、大人の男。これまでさぞおモテになって、たくさんの女の子たちをエスコートしてきたのだろう。

「何？」

「べっつにー……」

案内されたのは、中流階級向けのブティックだった。

並べられた衣類は生地がしっかりしているし、デザインもなかなかいい。その割に値段はリーズナブルだ。

まずはウィル用のお洋服を何着か選んでいく。

もうすぐ暑くなってくる時期だし、半袖の白シャツと、短パンと、下着と、靴も買っておこう。

最近のウィルはぐんと背が伸びているところだから、ちょっと大きめのサイズにしておく。

次に私の分を適当に……

選ぼうとした手を、アロンに止められた。

「なんで暗い色ばっかり選ぶわけ？　家で着るんだから、変装の必要はないでしょ」

「黒しか着たことないから、どうしてもそういう色に目が行くっていうか……安心するっていうか……別にいいよ、暗い色好きだし」

「ハァ……、こっちにおいで。私が選ぶよ」

「えぇ～……」

「いいから来なさい」

鏡の前に立たされて、服を合わせられる。アロンが選ぶのはどれも明るい色ばかりだ。

髪も、顔半分も隠れているし、合わせたところで似合うかどうかなんて分からないだろうに。

これを、あれを、これも、と店員さんに服やら小物を次々に渡していき……

渋る私を無視して、アロンはさっさとお会計を済ませてしまった。

プレゼントしてくれるらしい。どうもありがとうございます。

デートですか、って店員さんに聞かれてしまった。

ぼっと頬が燃えた。これはあれ、別に意識しているわけじゃなくて、前世を含め、男の人とふたりで出かける、その、デート？　みたいなの、初めてだから……ごにょごにょ。

「それで、お次は？」

アロンはまったく気にしていない。……ちょっとフクザツ。

「調味料がほしいんだけど、売っているお店、知ってる？」

「ああ、それならおすすめの店がある。君もきっと気にいるよ」


案内された店は、薬っぽい匂いが漂う4畳ほどの狭い店だった。

壁中から乾物が垂れ下がり、さまざまな色合いの香辛料がところ狭しと並べられている。

この店で、私は運命的な出会いを果たすことになる。

基本の調味料をいくつか物色している最中のこと。黒い液体の入った瓶が、ふと視界をよぎった。既視感ありまくりのそれ。

立てかけられた案内札を見て驚愕《きょうがく》した。

「『醤油《しょうゆ》』がある!!」

まさか、この世界でお目にかかれるなんて、思ってもみなかった。

「かなりマイナーな調味料だと思うけど、『醤油』の存在は知ってるんだ。変なところで物知りだよね、君って」

「マイナーなの!? 何ということだ、こんなに美味しい調味料をマイナー扱いにするとは! これがあったらどれだけ料理の幅が広がると思ってるの! 照り焼きでしょ、煮物でしょ、すき焼きでしょ……想像しただけでヨダレが出るよ」

アロンが苦笑した。

「そんなに好きなんだ。『醤油』はミナヅキ王国の特産品だから、そう言ってもらえて嬉しいよ」

『ミナヅキ』って『水無月』みたいで日本的な響きだなって思っていたけれど、『醤油』まであるとなると、日本との繋がりを連想させられる。

このミナヅキ王国、もしかして私みたいな日本人の転生者が作った国だったりしてね。

故郷の味を求めて、醤油の開発も頑張ったのかな。

「作ってくれた人に感謝だね」

おかげでララは苦労せず懐かしい味を楽しめます。

私が醤油に向かって拝んでいると、アロンはふいに遠くを見るようにして言った。

「作った人、か。『醤油』はね、２００年前の勇者がもたらしたとされているんだよ」

ちょいちょい出てくるな、２００年前の勇者。

……ん？　勇者が、醤油を？

勇者、元・日本人の可能性あり？

「知ってる？　勇者は魔王を倒したあと、行方不明になったんだ。当時20歳かそこらだった彼が晩年をどこでどう過ごしたかは、世界七不思議のひとつなんだ」

うん、コーネットから持ってきた本にもそんなこと書いてあったな。でも、私は変だなって思う。だってさ、

「勇者は魔王を倒した世界一の功労者でしょ？　そんな有名人が、誰にも行方を知られないなんてことがあり得るの？」

「だからこそ謎なんだよ」

「ふーん……」

「おや、あんまり興味ない？」

「ヒーローもののお話に熱くなるお子様時代はとっくに卒業したの」

「その言い分じゃあ、まるで私が〝お子様〟のようだね」

「そんなこと言ってないよ？」

まったく、アロンは頭の回転が早くて、言葉の裏に仕込んだ毒にすぐ気づくからいけない。

まぁ、勇者の行方なんてどうだっていい。

重要なのは、そう、今まさに醤油が手に入ったってことだ。

この醤油を使って、ウィルに美味しい料理をたくさん作ってあげよう。ぐふふ。

「顔」

「ふぇ？」

「まったく、だらけきった顔して」

ふにふにとアロンに頬を弄ばれる。

痛っ、ちょ、痛いよ！　つねるの禁止!!

あらかた必要な物を買い終えて、今度はアロンの用事に付き合う。注文の薬を届けに行くっていうあれだ。

風邪薬かな？　ハイポーションかな？

それとも、惚れ薬？

アロンは何も言わない。だから私も詮索《せんさく》しない。ちょっとだけ、気になりはするけど。

特に、惚れ薬は気になる。

誰が、誰に対して使うんだろう。

人の心を薬でどうにかするのはダメでしょ、とは思うけど、そこまでしてでも振り向かせたい相手がいるのは、いいなと思う。

私にもいつか、そこまで思える人ができるのかな。

「君はここで待ってて」

狭い路地にある一軒家の前で、アロンが言った。

「いい？　ここから一歩も動かずじっと待ってるんだよ？　分かったかい？」

「分かったってば」

そう何度も念を押さなくたっていいのに。

1回聞けば理解できる。

ララはここから動きません。じっと待ってます。

それでも疑いたっぷりに、お客さんの家に入るのを躊躇《ためら》うアロン。

「すぐ戻るから」

やっとアロンが家に入るのを見届けて、路地の壁に背を預けて待つ。

見上げると、路地の幅に切り取られた、すかんと青い空がある。

アカツキの街は、平和な街だ。路地裏だというのに、浮浪者も孤児もいない。

ここなら、ウィルも安心して連れて来ることができる。

事件は唐突に、そしてたいてい、守ってくれる人が誰も側にいない時を狙って起こる。

「お嬢さん」

あまりに平和すぎて、ぼうっとしてた。そのせいで、近づいてくる人の気配に気づかなかった。

すぐ側で声をかけられ、慌てて視線を向ける。

3人組の男が、私に笑いかけていた。

小綺麗な格好で、20歳くらいとまだ若い。

「何か用ですか？」

「かわいい声だなぁ」

「ほらな、まだ若い女だって言ったろ？」

男のひとりがそう言って、隣の男を小突く。

しまった。ここは黙って無視するのが正解だった。一度答えてしまっては、今さら老婆を装うこともできない。

「暇そうだね。僕らとお茶でもしない？」

「いえ、人を待っているところなので」

「誰を待ってるの？　その人が来るまで一緒に待つよ」

「ねぇ、なんで顔隠してるの？　見せてよ」

ひとりの男があろうことか、私のフードに手をかけた。

はぁ!?　ちょっと、何すんの!?

避けたけど、間に合わなかった。フードが取り払われ、黒髪がするりと腰へ流れた。

なぜか包帯まで取れてしまって、完全に容姿を暴かれてしまう。

３人の男が息を呑む気配がした。

嘘でしょ。まずいまずいまずい……!!

私はたちまちパニックになって……逃げ出した。

そしたらなぜか、男たちが追いかけてくる。

「なんで追いかけてくるの～!?」

舐めるなよ、私には『体力∞』のスキルがあるんだ。このままやつらが疲れるまで走り続けてやる！

と、思ってたのに……

走り抜けた狭い路地は、行き止まりだった。

「もしかして、誘導された……？」

地元民が相手じゃ、土地勘のない私はかなわない。

「どうして逃げるの？」

壁に追い込まれ、見下《みお》ろされる。

俗に言う『壁ドン』状態だけど、好きでもない男にされると恐怖でしかない。

「それは、あなたたちが追いかけてくるから！」

「君が逃げるから、追いかけたんだよ」

「もう、放っておいてよ！」

涙目になると、男たちの表情はますます熱を帯びてくる。

もうやだ……

男たちの腕が迫ってくる。逃げなきゃと思うのに、恐怖で足がすくんで動けない。

その時、ピンとひらめいた。

この路地、石畳の下はきっと『土』だ。それなら、『植物創造』が使える！

焦っていた。思った通りのことができるかどうかなんて、分からない。それでもやるっきゃない！

「〝ツタアケムよ、３人の男の体にまとわりつき、大きく育て！〟」

その瞬間、石畳が砕ける。何本もの深緑のツタが伸び上がり、まるで意思を持つかのような動きで、悲鳴をあげる男たちの体にまとわりついた。

『ツタアケム』は、木々や家の壁に絡みついて育つ、この世界固有のツタ植物だ。

一度絡みついたらなかなか取れない厄介な植物でもある。

本で知識を得たその性質を利用して、一か八かの賭けに出た。

そして、私は見事、その賭けに勝った。

『ツタアケム』は、男たちの体を拘束して離さない。

「やった～！　大成功～っ‼」

ぴょんぴょん飛び跳ねて作戦の成功を喜ぶ。

それにしても……

スキル『植物創造レベルＭＡＸ』最強すぎ！

ひ弱な女の子ひとりで男３人を圧倒だ！

男たちは失神している。ついでに〝失禁〟も。

この人たち、どうしよう。

と一瞬悩み、決めた。

「よし、このままとんずらしよう」

一度『創造』した植物は消せないし、私ひとりの力じゃ助け出すことは不可能。可哀想だけど、このまま放っておくしかない。それに、この状況を誰かに見られたら、説明が面倒だ。逃げ出すに限る。

そうして振り向き、絶句した。驚きすぎて、1mくらい飛び上がったんじゃないかと思う。

とんでもなくイケメンな見知らぬ男がひとり、唖然とこちらを凝視していた。

もしかしなくとも、見られたっぽい。それも、この驚きようからして、おそらく一部始終を。

「えと、これは、あの、その、なんというかですね……！」

……このイケメン、殺るか……？

不穏な決意をしかけたのも、仕方ないと思う。

ヤバいやつがいるって、辺境伯のところに連行されたら終わりだもん。拷問されたりなんかして、そこから芋づる式に私の正体を知られてしまうに違いない。それだけは避けたい。ウィルにだって、危険が及ぶ。

と、その時。

イケメンが声をあげて笑いだした。

「急いで来てみれば、もう仕留めたあとだったとは。恐れ入った。ララは強いな」

笑い声の合間にそうつぶやかれた声を聞いて、今度は私がびっくりする番だった。

この声、ハティだ。

いやいや、そんなのあり得ない。だって、ハティは狼で。だけど、目の前にいるこの男は人間だ。

◆◇◆◇◆

長さが太ももまである白銀の柔らかそうな髪。

シミひとつない、小麦色の健康的な肌。

すっと通った鼻筋に、薄い唇。

白銀の豊かなまつ毛に彩られた切れ長の目は灰色だ。

ギリシャ神話の神様みたいな格好をした件《くだん》のイケメンは、私に柔らかく笑いかけた。

「どうした、ララ？」

はう、イケメンから紡がれる魅惑の低音ボイスの破壊力、ヤバし……！

じゃ、なくて！

「あなた、ハティなの？」

「ああ」

確かに、白銀の髪はハティと同じ色だし、灰色の目にも、声にも、覚えがある。

でも、そんなことってある？

「信じられないか？　なら、これでどうだ。護衛騎士の誓いの印」

見せられたのは、大きな緑の宝石がついたネックレス。

これ、ハティを護衛騎士に任命した時に、首にかけてあげたやつだ。それを知っているのは、私とウィルとハティしかいない。

まさか。本当にハティなんだ。

「ハティは人間に変身できるの？」

「そうらしい」

らしい？　自分の能力のくせに、あいまいな答えだ。

灰色の目が私を見下ろす。少し潤んでいるせいか、宝石みたいにキラキラしてて綺麗。

なんだか、吸い込まれそう。

大きな手に、頰をそっと包み込まれる。なぞられた目元がくすぐったい。

「こんなふうに、触れてみたかった」

熱っぽく囁かれた言葉がお腹の奥まで響いてきて、ゾクゾクした。

温かくて、心地よくて、

……夢見てるみたい。

と、そこへ、

「その子から離れろ」

第三者の鋭い声が割り入ってきた。

せっかくいい気分だったのに、誰だよ、じゃましたやつは……！

「あっ……」

アロンでした。そうだった。動かず待っとけって言われてたんだった。動いちゃった。思いっきり。

でも、私のせいじゃなくない⁉

不可抗力だよ！

アロンはハティに剣を向けていた。

「アロン、違うの。この人はハティだよ！」

頭大丈夫か？　そう言いたげな視線を送ってくるアロン。

失礼な！　大丈夫だよ！

「ハティは狼から人間の姿になれるんだよ」

私も今知ったところだけどね！

「その腕、食いちぎられたくなければ、今すぐ剣を下げろ」

両者は睨み合い、一触即発状態だ。

「その声……確かに。申し訳ありません、ハティ様」

アロンが剣を収め、ようやく緊張が解けた。

ほっとしたのもつかの間、アロンがギロリと睨んでくる。

つかつか大股でやってきて、私の両頬をつねった。

「君は本当に！　動くなと言っただろ、馬鹿！　5歳の子供でもちゃんとできることが、どうして君にはできないの？」

「いひゃい、いひゃい。だっひぇ……」

「やめろ」

ハティがアロンを引き離し、背に庇《かば》ってくれる。

「ララは悪くない。暴漢どもに襲われ、ここまで逃げてきたのだ」

「それで、その暴漢どもというのはどちらに？」

「そこで伸びているだろう」

そ、そうだぞ、私は被害者なんだからな！

……瀕死《ひんし》の彼らと無傷の私って構図では、そうは見えないかもしれないけど。

「だいたい、悪いのは、ララから一瞬でも目を離したお前だ。ララを責めるのはお門違《かどちが》いだぞ」

……ハティ、それは言いすぎだよ。アロンもお仕事があったんだから、仕方ないって。

「……申し訳、ありません」

アロン、しゅんとしちゃったじゃん。

「ハティ、私が逃げ出したのも悪いよ。アロンが入った家に逃げ込んで、助けを求めればよかったんだもん。パニックになって、その時は思いつかなかったけど」

「そうだな。ララも、俺がいない間にこんな遠出をするべきじゃなかった」

あ、うん……

それを言われたら、反論のしようもありません……

「帰ろう」

ハティが言う。

「え、でもまだ……」

いや、もうこの街に用事はないか。

買い物は済んだし、視察も終わった。

アカツキはいい街だった。物も豊富で、街並みは美しく、人も親切。そして、完璧に平和な街など、どこにもないってことがよく分かった。

と、いきなりハティに担《かつ》がれた。

お姫様抱っこなんてかわいいものじゃなくて、荷物担ぎだ。

「た、高い」

というかこれ、めちゃくちゃ恥ずかしい！　お尻と太ももに手が！

おえ、肩がお腹に刺さる。

「ララは連れて行く。お前とは、ここでサヨナラだ」

アロンにそう言うと、ハティはさっさと歩きだした。

「ちょっと、ハティ、待って」

ダメだ。ハティは私の制止を聞かずに、ずんずん歩いていく。

ええっと、なんか、ごめん、アロン！

「またね、アロン！　今日はありがとう！　あの、この埋め合わせは後日するから……！」

キッと睨みをきかせたアロンの青い瞳が遠ざかっていく。

9章　恋するハティ

森まで私を担いでいったハティは、狼の姿へと戻った。なるほど、変身は自由自在らしい。

ハティは私に質問を許さなかった。怒ってるぞ、って全身で表現してる感じ。ぽんと私を背中に乗せると、そのままログハウスへと直行。ほとんど誘拐するみたいだった。

「ハティなの⁉」

わぁ、と声を上げながら、ウィルが人間の姿をしたハティを見上げる。

「少し重くなったな、ウィル。3日会わなかっただけでこうも変わるとは。人間の成長は早い」

ウィルはハティに〝高い高い〟されて、キャッキャとはしゃいでる。人間の姿に対する抵抗はゼロ。なんでそんなにあっさり受け入れられるわけ？

綺麗な神様とかわいい天使の絡みは、美しい宗教画のよう。普段の私なら何時間でも黙って眺めているところだけど、今はそれどころじゃない。

聞きたいことが山積みだ。

「あら、ついに『定着』したのね。おめでとう」

イヴがあくびをしながら起き出してきた。

ソファの前のガラステーブルには、果物の皮が散乱している。お腹いっぱいになって、そのまま寝落ちしたらしい。

「『定着』って?」

そう聞いても、イヴは含み笑うばかりで答えてくれない。ハティもどこか気まずそうにしている。

「それについては、あとで話す」

ちらりとウィルを見たってことは、ウィルには聞かせたくない話ってことだ。

オーケイ。そういうことなら、今は聞かないでおいてあげる。

『発情期』のアレコレがどうなったのかとか、この3日どこで何してたのとか、ほかにも色々と聞きたいことはあるけど、それもね。

ハティが何を怒っているか知らないけど、いきなり置いてかれて、私だって怒ってる。覚悟して。追及は、容赦しない。

「『アカツキ』はどうだったぁ、ララちゃん?」

私のいらだちを敏感に察知したイヴが、長い腕を回して後ろから抱きついてくる。別の話題で、気を逸《そ》らす作戦か。

私はその通り、気を逸らされたふりをした。ウィルの前で、言い争いはすべきじゃないと思ったから。

「いい街だったよ。いつか住んでみたいって思うくらい」

「よかった。楽しめたみたいね～。わたしもね、アカツキの街は好きなのよぉ。最後に行ったのは、もう150年も前だけど。人もおおらかで、いい街だわ」

「150年⁉」

さすが神様、スケールが違う。見た目年齢20代だけど、イヴってば本当は何歳なのかな。反応が怖いから聞かないけど。

「その時は何しに行ったの？」

「ふふ。好きな男に会いに行ったのよ」

妖艶に笑うイヴがすごく色っぽくて、ドキッとする。

好きな男に会うために人間の街へと降り立つ女神様、か。なんだか、素敵だな。

ハッとひらめく。

「その好きな男って、もしかして人間？」

「ええ、そうよ」

その人とはどうなったの？　結ばれたの？

そう聞く前に、ハティが口を挟んだ。

「アカツキがいい街なわけがあるものか。ララは襲われたのだぞ」

「いや、別に襲われてはないんだけど……」

「何を言う。あのまま反撃しなければ、あの下衆《げす》どもに純潔を散らされていたぞ。やつらの瞳には欲望がありありと燃えていた」

じゅ、純潔を散らされるって……

それに、欲望とかなんとか。

どうしてそんな言葉を簡単に口にできるの。恥ずかしくて死にそうだよ。

「真っ赤になっちゃって、かわいい」

ひぃ、もうイヴ、胸を揉まないでってばぁ……！

「やだ、ひんっ、やめて……！」

「触るな。これは俺のものだ」

ハティに肩を抱かれ、イヴから引き離される。ぎゅう、と抱き寄せられて苦しい。かたい胸板。いつもと違う感触。男の人だ。

「やだぁ、ララのおっぱいが自分のものだなんて、ハティったら、えっち」

「ち、違う！　俺が言ったのはそういう意味じゃなく……！　ララ、違うんだ。誤解しないでくれ！」

揺れる灰色の瞳に迫られ、頭が沸騰して、もう完全にキャパオーバーだった。

そうして私は気絶した。

◆◇◆◇◆

人間の姿をしたハティは、上品に食事をした。完璧な唇に運ばれていく肉の切れ端を、気づけば目で追っていて、私はぜんぜん食事に集中できなかった。

この人がハティだなんて、まだ信じられない。

私の気絶のせいで遅めの夕飯を済ませた夜。ウィルを寝かしつけたところで、ハティから散歩に誘われた。ウィルには聞かせられない、発情期の真相を教えてくれるつもりらしい。

「行こう、ララ」

差し出された手は、人間のもの。おずおずと自分の手を重ね、私たちは夜の庭へと出た。

聞きたいことはたくさんあったのに、口がきけない。ずっと心臓の音がうるさくて、考えがまとまらない。そうしているうちに、手汗が気になって、気持ち悪がられないかなって、そればかり考えた。

「何から聞きたい？　まずは、『変身』の仕組みだろうか」

ずっと黙ったままの私に気を利かせてくれたのか、ハティが水を向けてくれた。

低い声は、どことなく楽しそうだ。もうすっかり〝怒り〟は消えたみたい。

乾いた舌を舐めて、口を開く。

「そうだね。ハティの本当の姿は『獣』？　それとも『人間』？」

「今の俺にとっては、どちらも本当の姿だ」

「〝今の俺にとっては〟？」

理解するのは難しいかもしれない、とハティは前置きした。

そういうことなら、脳細胞を叩き起こさなきゃ。うん、大丈夫、いけそう。頷くと、ハティは密《ひそ》かに笑って、話し始めた。

「神になる前、俺は狼の魔物の一匹に過ぎなかった。しかし俺の種族には、特別な繁殖能力があった。愛した者と同じ姿に『変身』し、子を作ることができたのだ。俺の母は、エルフを愛し、エルフに『変身』した。生まれた俺は狼の姿だったが。そして、俺は人間のララを愛し、人間に『変身』した。神に――フェンリルになった俺にも、種族の繁殖能力は引き継がれていたらしい。――ララは以前、俺が人間の男だったら結婚すると言っていたな。だから俺は、フェンリルの繁殖能力に願をかけ、変身の苦しみにも耐え抜いて、人間になってみせたんだ。あ、ララ……」

歩みを止めたハティはひざまずき、私の両手を包み込む。

それは、突然の告白だった。

「愛している、ララ。結婚しよう。俺たちには、それができるのだ。どうか、俺の『伴侶』になってくれ」

事態が飲み込めない私は、ただ口ごもるしかできなかった。そうしている間にも、ハティはうっとりと私の手に頬をすり寄せる。この甘い世界の主人公であるはずの私は、完全にはみ出し者。ぜんぜん、ついていけない。ていうか、
結婚するとか、そんなこと言ってない！

と思ったけど、思い出した。

川のほとりで、寝ぼけ眼《まなこ》に交わしたあの約束。まさか、アレがこんな事態を引き起こすなんて、思ってもみなかった。

迷惑？　そう聞かれれば、答えはノー。だけど、それ以上は自分の感情が分からない。

どうしよう。こんな時はどうすればいいんだっけ。

頭の中を探しても、答えなんて見つかるはずがなかった。だって、告白されたのなんて、人生で初めてのことだもん。前世も含めて。

「――すまない。急ぎすぎた」

沈黙をどう捉えたのか、ハティの声が沈んだ。

「ち、違うよ！」

慌てて、言葉を紡ぐ。

「ハティのことは好き。でも、それが恋愛感情なのか分からないの。私、前の世界でも19歳まで生きたくせに、誰かを好きになったことなんて、なくて。この世界でも、そうで。だから、分からないの……」

何と言えば伝わるのか。このままハティと気まずい関係にはなりたくない。

ハティに嫌われるのだけは、嫌だ。

「ならば俺を使って、知ってくれ」

再び熱い視線に晒されて、耐えきれずに顔をそむける。こんな時は、イヴのやり方が参考になる。つまり、別の話題で気を逸らす。

「ハティは『発情期』だって、イヴが言ってた。神とはいっても獣だから、定期的にそういう時期が来るって。てことは、これまでもどこかの女に『発情』して、その相手と同じ種族の姿に変わったの？」

ふはっ、とハティが笑った。

ムカッと来た。なんで笑うの。重要なことなのに。

……重要なこと？　どうしてそう思うんだろう。

ハティがほかの女を愛したことがあるとしたら、嫌だ。

「性欲という意味なら、確かにこれまでも『発情』はあった。しかし、誰かを愛し、愛した者と同じ姿に変わったのは、ララが初めてだ」

「……ふーん、そうなんだ」

姿が変わるほど愛した者は私だけ。

なぜだか、口元が緩む。

「この3日間はどこで何してたの？」

「森にこもっていた。姿が『定着』するまでは感情が高ぶりやすい。ララの側にいるのは危険だと判断した」

『定着』って、そういう意味だったんだ。

森の中で、人間と獣の姿がコロコロ変わったりしてたのかな。

「人間の姿が『定着』したから戻ってきた？」

「そうだ。しかし、戻った時にはララがいなかった。イヴに聞くと、ララはあの男と出かけたと言う。だから俺は……」

何かをこらえるようにぐっと引いた喉から、獣の唸り声が漏れる。

「し、心配かけてごめんね。次からはちゃんと知らせて行くから」

「次はない。今後、あの男とふたりきりで会わせはしない」

「あっ、はい……」

ハティはどうしてもアロンが嫌いらしい。いい人だと思うけどなぁ。何をそんなに心配しているんだろう。

「すまない。あの男のことになると、どうも自制が効かん。──ほかに聞きたいことはあるか？　今なら、何でも答えるぞ」

切り替えるように、ハティが明るく言う。

ほかに聞きたいこと。少し探せば、ぽんと出てくる。この際だから、とことん聞いてやろうと思った。

「神様になる前は『魔物』だったって言ってたでしょ？　どうやって神様になったの？」

「ふむ……」

と、ハティは草原にごろんと横になった。

腕を広げ、おいでと合図される。

寝転がる姿が神々しすぎて、ギリシャ神話の神様そのままで……

こんな美しい人が私のことを好きだなんて、絶対嘘だよ。

「おいで、ララ」

魅惑の低音ボイスには逆らえない。

ためらいつつ、ハティの腕枕で寝転がった。

ぎゅっと引き寄せられ、息が張り詰める。極度の緊張で、この時、私は確かに数秒死んだ気がする。

それからハティは、信じられないことを口にした。

「俺が神になったのは、あれを食ったからだ」

指差す方向には月がある。

この世界ではいつでも欠けている月。

「食べたって、月を⁉　嘘でしょ！」

くっくっ、とハティが笑う。

「え、冗談だよね？　からかってるだけだよね？」

「いや、本当だとも」

スケールが違うとか、もう、そういう次元ですらない。

あの月は途方もなく巨大なはずで、それを食べることができる『獣』って、どんなのだか想像もつかない。

それに、あの欠けた月は、何百年も前からその姿だったと本で読んだ。

「ハティって、一体何歳なの？」

「それは、ララが男を選ぶ基準として重要なことなのだろうか」

「えっと、純粋に気になっただけだよ」

「……正確な歳は分からない。３００年を超えた頃から、数えるのをやめた」

少なくとも３００歳っと。

見た目は20代だけど、けっこうなおじいちゃんですね。

「見た目はずっと、そのままなのかな？　この先も」

ずっと若々しい姿のままのハティの隣で、私だけ歳をとっていくのかな。

「『伴侶』を得れば、老いが始まる。愛する者と添い遂げ、最後は共に死ぬだろう。それが俺の種族が有していた性質だ。神とておそらく例外ではない。子ができれば、その子が次の獣の神となるはずだ」

「なるほど」

何だろう。さっきから、お見合いの質問タイムみたいになってる気がする。お見合いとかしたことないけど。

でも、そっか。

私がハティの『伴侶』になれば、子をなして、一緒に歳をとっていけるんだな。

……ちょっとリアルに想像しすぎた。

脳みそも心臓も、ショックで機能停止を起こしそうだ。

「俺はララに『伴侶』になってもらいたいと思っている。だが、焦って答えを出すことはない。ゆっくり考えてみてくれ」

「――うん、分かった」

ちゃんと考えようと思った。

ハティのこと、どんなふうに好きなのか。友情か、親愛か、恋情か。

でも、答えを出すのは怖い。何かが、壊れてしまうような気がする。

「そろそろ戻るか。眠いだろう？」

「それが、気絶してたからぜんぜん眠くないんだよね」

「ならば眠くなるまで付き合おう」

月を見上げながら、私とハティはたわいもない話を続けた。

「そうだ、まだ言ってなかった。おかえり、ハティ」

「ただいま」

にっこりと、ハティは笑った。

◆◇◆◇◆

昨夜はあのまま原っぱで寝てしまったはずだけど、目を覚ますとちゃんとベッドにいた。

ハティが運んでくれたみたい。たぶん、またあの荷物担ぎで。意識がなくてよかった。あれはある意味、お姫様抱っこより恥ずかしい。

寝室にハティはいない。すやすやと眠るウィルを起こさないように居間に出てみても、ハティはいなかった。

また、出て行っちゃった？　私が答えを出すのを、しぶっているから？

そう思い至った途端、さっと顔が冷たくなって、息ができなくなった。

ネグリジェの上からストールを羽織って庭に駆け出す。

でも、心配はいらなかった。ハティはちゃんと、そこにいた。原っぱの向こうからこちらに歩いてくる。人間の姿だ。白銀の長い髪が太陽に反射して、眩しい。薄い肌は、内側から発光しているように見える。

ほっと、息をつく。ハティが消えた数日間は、どうやら私のトラウマになっているらしい。

二度と置いていかれたくない。

「ララ、おはよう」

長い指が私の頬を撫でた。ちゅっと目元に軽いキスをされ、微笑まれる。

今度は別の意味で息ができなくなった。

昨夜、原っぱで抱きしめられて寝転がっていた時のことを思い出した。

胸板厚かったなぁ、とか、いい匂いしたなぁ、とか、近くで見るとまつ毛ふさふさだったなぁ、とか、髪の毛ふわふわしてたなぁ、とか。

あと、ハティの告白とか……

『愛している、ララ。結婚しよう』

ひぃ！

どうしよう、私、これまで通りじゃいられない。

「ララ？」

「うぉーっと、朝ごはん作んなきゃー‼」

Uターンして身を引くと、ハティの手が宙で空振る。そのまま逃げ出そうとしたその時、

「やぁ、ララ」

声をかけてきたのは、アロンだった。玄関の前まで乗りつけた植物馬から、優雅に降り立つ。

「おはようございます、ハティ様」

アロンの挨拶にしかめっ面で返したハティの横顔が目の端に映った。それも、すぐに見えなくなる。

私はアロンの側に駆け寄った。アロンの顔を見ると、なぜだかほっとした。額の汗や、紅潮した肌を見ると、ああ、アロンは私と同じ人間なんだって、安心感を覚える。嬉しくて、手を握ってしまったくらい。

「今日はどうしたの？」

スキル『体力∞』のおかげで疲れないはずなのに、息が弾んだ。

薬草取引は、昨日済ませたばかりなのに。買い忘れでもあったのだろうか。

「これを届けに来たんだ」

手渡された麻袋に入っていたのは、醤油瓶だ。

あれ？　と思った。

醤油瓶は、買ったあと路地裏で『収納』したはずだ。アロンに持ってもらってたのかな。だったら、私の記憶違い？

「わざわざ、ありがとう」

「いいよ。ずいぶん気に入ってたようだから、届けるのは早いほうがいいと思って」

「うん、助かる。あ、そうだ、朝食はもう済んだ？」

「いや、まだだよ」

「よかったら食べていって。このお醤油使って何か作るから……きゃっ」

ずしっと肩に重みを感じて見上げると、ハティの不満げな顔がある。ぎゅうと私を後ろから抱きしめて、アロンを睨んでいた。突然の接近に、私の心臓がまた暴れ出す。この調子だと、近いうちに死んじゃいそう。死因はもちろん、ドキドキに耐えられなくなっての心臓破裂だ。

「用事は済んだろう。さっさと帰れ」

「しかし、ララから朝食の誘いを受けましたから……どうしようか、ララ？」

アロンが困ったように笑う。

「もう、ハティ！　せっかく届けてくれたのにお礼もせずに追い返すなんて、失礼でしょ！

昨日のことだってあるし」

そう、昨日はハティのおかげで、ろくにお礼も言えないまま別れたのだった。

「あの、昨日はごめんね、アロン。わざわざアカツキを案内してくれたのに、お礼もしっかり言えずに……」

「ああ、大丈夫だよ。……ハティ様の動揺も、よく理解できるから」

「動揺？」

アロンは口を開きかけるも、そこで会話は強制終了となった。ウィルが突進してきたからだ。

「アロンだー！」

パジャマ姿のウィルが、アロンに抱きつく。騒ぎを聞きつけてきたらしい。

「ウィルくんに飴を買ってきたんだけど、あげてもいいかい？」

「うん、ありがとう」

アロンはいつもウィルにお土産を持ってきてくれるけれど、それがお菓子だった場合、必ず私に確認を取る。二重にお菓子を与えて食べすぎになったら困るから、と。そういうアロンのこまやかさは、とても好感が持てる。

と、ウィルの頭上に乗っている小猿が「キィ！」と高い声をあげた。アロンを威嚇しているように見える。

「私はウィルくんの友人たちに嫌われているみたいでね」

弱ったようにアロンが言うと、ハティがくっと笑った。それでピンと来る。きっと、ハティが何かしてるんだ。

「ハティ……？」

ハティの腕を振り解《ほど》いて、じっとりと詰め寄る。あ、ヤバいって顔した。やっぱりね。

「だって」

「だってじゃありません。動物たちに変な命令するのはやめて」

ていうか、「だって」って何よ。いつもお堅い口調のくせに、いきなり崩すとか、ずるい。しゅんと肩を落とすハティは、叱られた大型犬って感じだ。人間の姿なのに、頭に垂れ下がった犬耳が見える気がする。

抱きしめたい衝動に駆られる。いつもなら、とっくに抱きついている。

でも。

騙されるな、今目の前にいるのは人間の男だぞ。それも、私のことを、す、好きだとか言ってる……

適切な距離感を保たなきゃ。

「さ、入って、アロン」

不満たっぷりに頬をふくらませるハティに後ろ髪を引かれまくりつつ、アロンをログハウスの中へと誘った。

キッチンに立ち、朝食作りに取りかかる。

お醤油を使ったお料理は、照り焼きチキンサンドに決めた。

「ぼく、オクラ食べたい！　とってくるね！」

ウィルが庭に駆けていく。

ウィルは最近、オクラばっかり食べている。マヨネーズをつけて、延々と。

オクラとマヨネーズのコンビは最強だと思うけど、うちにはもっとほかにも、美味しい野菜や果物がいくらでもある。なのに、あえてオクラ。変わってる。そんなところも、かわいい。

熱したフライパンに、鳥肉を投入。パチパチと油が跳ねた。

「あのさ、ハティ、お願いだから少し離れて」

「嫌だ」

アロンがやってきてからというもの、ハティはずっと私の背中に抱きついている。ちょうど、子供がお気に入りのテディベアを抱えて離さないように。気が散って仕方ない。

妙に体がポカポカするのは、ハティの体温のせいか、私が緊張しているせいか、それは分からない。

「火、扱ってるから危ないの。やけどしちゃうよ」

「ララが怪我するのは、ダメだ……」

ハティが怪我しちゃうよって意味だったんだけど。

しぶしぶといった感じで体を離すハティ。と思ったら、私のワンピースのすそを握っている。

ねぇ、ハティってこんなに甘えん坊だったたっけ？

そうだったかも。これまでは狼の姿だったから気に留めていなかったけど、ハティはいつも私にくっついていた。

ハティの態度はこれまでと変わらないのかもしれない。でも、狼の姿と人間の姿とじゃ、受け取る印象がぜんぜん違う。

例えば、今朝、まぶたに軽く落とされたキス。

あの仕草は、狼の姿のハティがよくしていたものだけど〝キス〟って印象はなかった。だけど今では「あ、キスされた」って思っちゃう。で、私の顔はみるみる真っ赤になって、挙動不審になるの。

変に意識しすぎなのかなぁ。

「ハティ、パン切ってみる?」

ずっと後ろですすを握られているのも気になるので聞くと、ハティは目を輝かせた。

「やってみる」

長い指が、なめらかに動く。包丁を握るのは初めてのはずだけど、ハティの包丁捌きは信じられないほど完璧だった。

「すごい、上手!」

「ララの作業をずっと側で見ていたからな」

口元が緩んでいる。褒められて嬉しいとか、照れるとか、そういう感情がぜんぜん隠せていない。

人間の姿になるって、こういうことなんだなぁと思った。これまで、狼の姿では分かりにくかった表情の変化が、簡単に見て取れるようになる。

ハティはこんなに、表情豊かなんだ。

「いい香りだね」

まったく気づかなかったけど、アロンはさっきからそこにいたみたいに、壁際に立っていた。

ハティが警戒モードに移行する。要するに、私はまたハティのテディベアになったってわけ。

勘弁してよ。せっかくいい感じの距離を保ててたのに、まったく。

アロンとハティの視線が絡み合う。いたって穏やかな目をしたアロンからも、いらだちが透けて見えるのはどういうわけだろう。

このふたりはいつまで経っても仲よくなる気配がない。

と、アロンが視線を外し、今度は私を見た。やれやれと首を振る。

「君って、やっぱりちょっとずつ残念なんだよね」

「はぁ？　急に何？」

「口元、タレがついてる」

「え」

急いで口元に指を撫わせる。

さっき味見した時かな。恥ずかしい。

「違う、そっち」

「ここ？」

「ここ」

ふっと表情を緩めたアロンが、腕を伸ばしてくる。唇を撫でられ、思わずびくっとした。

「あ、ありがと……」

ハティとは違う、少しざらついた手だった。職人の手っていうのかな。薬作りで荒れているのかも。

頑張ってるんだなぁ……

「触るな！」

「うおっと」

後ろに引っ張られ、ハティの胸に後頭部が当たる。

ぐるる、と低い威嚇音が喉から漏れる。

降参ポーズをするアロンに視線で謝ってから、ハティには「めっ」とお叱りを飛ばしておく。

「だって」は許しませんからね。

「……なるほど、厄介だな」

「ん？」

一瞬、アロンの「なるほど」が何に向いているのか分からなかった。

「これ」

指差され、ああ、と頷く。

照り焼きチキンサンドのことね？

「醤油で焼いた鳥肉をパンに挟んでいるのか」

メガネの脇を親指と中指でくいっと押し上げながら言う。

意外そうな声だった。

「ミナヅキ王国では、こういう食べ方は珍しいの？」

「醤油を使った料理なら、まず『米』を合わせるよ。パンと合わせるのは珍しいかな……どうしたんだい、ララ？」

この時の驚きといったら、言い表しようがない。

体がわなわなと震えだす。

こ、米、米……!!

「この世界にも米があるの!?」

「あ、ああ」

「それも勇者が⁉」

「そう、よく分かったね」

醤油に、お米まで。

魔王退治とか、勇者伝説とか、ぜんぜん興味ないけど、この時ばかりは勇者信教に入ろうかなって、本気で考えた。

「よければ買ってこようか。あ、でも君なら『植物創造』でいくらでも作り出せるか」

私、馬鹿だった。なんで、そのことに気がつかなかったのか。

そうだよ、作れるよ、お米。田んぼがなくても、たぶん。だって『植物創造レベルMAX』は、季節も土壌もガン無視で、どんな植物でも『創造』できちゃうんだから。

「あああああああああ」

絶望だ。日本人だった記憶を取り戻して約2カ月。お米食べたいなぁって、思ったことが何度も……え、あれ？　なかったかもしれない。

嘘でしょ。

これがパン食に慣れきってた弊害か。

「いやぁぁあああああああっ」

ごめんなさい。日本人の心を忘れていたことをお許しください。

誰に謝っているか分かんないけど、私はとにかく謝った。

恥ずかしい。元・日本人の風上にも置けない。

バチバチな空気から一転。突然の私の錯乱に、ハティとアロンは仲よく目を見合わせたりして、ひたすら困惑している。でも、そこに気を配っている余裕は、私にはない。

今は思う存分、落ち込んでいたかった。

「姉さま、だいじょうぶ？　なんでないているの？」

いつの間にか床に突っ伏していた私。顔を上げると、しゃがみこんだウィルと目が合った。

いい子いい子してくれる。最近姉さまをいい子いい子するの、好きだね。マイブームってやつかな。そのブーム、一生続いてください。

「大丈夫。今希望の涙に変わったところだから」

そうだよ。これから『創造』すれば問題ナッシングだ。日本人の心は取り戻せる。きっと。

「復活！」

「わーい！」

パチパチ、ウィルが拍手してくれる。

お米があるということは、米酒も、みりんも、味噌もありそうだ。近いうち、アカツキの街に買い占めに行かねば。

そんでそんで、ウィルにたっくさん美味しい和食を食べさせてあげるんだ！

思い立ったが吉日。ってことで、私はさっそく行動に出た。お客様であるアロンも、面倒くさいハティもほったらかして庭に直行。お米を『創造』する。

米作りには、広い場所が必要。しかし、畑は既に野菜や果物でいっぱい。一度『創造』した植物は消せないので、場所をつくるにはぜんぶ抜き取らないといけない。

ここで、私の面倒くささがりが発揮された。

耕していない雑草まみれの土の上で、『創造』を始めたのだ。

たぶんいける！　という確信があった。スキルはいつでも、私の期待に応えてくれる。アカツキの街では、固い石畳をかち割って、ツタアケムを生やしてくれた。雑草くらいの障害物、スキルはものともしないはず。

『創造』するのは新潟コシヒカリ。香りよし、ツヤよし。あの味を、記憶の中から引っ張り出す。

最初は、1本1本『創造』していった。けれど、これが面倒くさい。ついにブチ切れた私は、その思いをスキルにぶつけた。

「〝1000本くらい、一気に育ってくれたらなぁ〟」

これが、スキル発動の呪文となった。

ザッと軍隊が整列するような音を立てて、1000本の稲が目の前に出現したのだ。

「ふぉー!!」

テンションMAX。

あとはもう、ノリだった。

「〝大きく育て〜! 美味しいお米を作れ〜! 黄金色の稲穂を垂らせ〜!〟」

緑色の稲がぐんぐん伸びていき、黄金色の稲穂が重たげに垂れる。

「〝ここから乾燥させたり、脱穀するの面倒くさいなぁ。真っ白なお米がそのまま実ればいいのになぁ〟」

正直、調子に乗ってた。スキル『植物創造レベルMAX』なら、何でも言うこと聞いてくれる気がして。

結果、

「ヤッバー……」

正気に戻った私の前には、穂先に真っ白なお米をたくさんつけた稲の群が。

さっきまで、あー、田舎道で見たことあるあるって感じの光景だったのに、もはや別物の光

景になっている。

私、まったく新しい種類のお米作っちゃった……？

ハッとする。

スキルの名称に使われている『創造』という言葉。『創造』とは、新しいものを生み出すって意味だ。自由に想像して、オリジナルの、何かを。

イメージだ。これまでも、イメージで地球産の植物を生み出してきた。美味しかったあれ、また食べたいあれ、そういう思い出に寄せて作ってきた野菜や果物たち。それらは地球産の植物であって、そうじゃないんだ。言うなれば、〝ララ産〟なのだ。私が感じたままの味、私が知るままの姿で、新しい植物として、この世に生み出される。

想像した、どんな植物でも——

私は思い立って、『ツタアケム』を『創造』してみた。アカツキの街でナンパ野郎たちに追い詰められた時に、彼らを拘束したツタ植物だ。

一本を、小さく作る。

「〝ツタアケム、トゲあり、しびれ毒あり〟」

10秒も経たずに、緑色のツタが伸びた。寄木がないので、ぐにゃりと地面にひれ伏す。本来のツタアケムにはない、毒々しい赤いトゲがいくつも生えている。指先を、トゲに押し付ける。

プツ――

じわりと、指先に血がにじむ。

「痛い。びりびり、しびれる」

前に作っておいた解毒ポーションを急いで『収納』から取り出し、飲み干す。次に、切り傷を塞ぐポーションを。すぐに痛みとしびれは消えた。

思った通り。

スキル『植物創造レベルＭＡＸ』は、既存の植物を作り出せるだけじゃない。想像した通りの効果をもたせた、まったく新しい植物を、自由に作り出すことができる。

体が震えた。これは、すごすぎる。

私の、武器になる。

このツタアケムをもっと進化させた禍々しい植物を作り出せば、ひとりで魔物だって倒せるかもしれない。

「姉さま、これ、なーにー？」

つんつん、と白いお米が実った稲穂を、ウィルがつっついている。

「アオがこれ食べたいって」

〝アオ〟は、『ブルーサファイア』という、見た目は青い小鳥の魔物。いつもウィルの肩にちょこんと乗っている。

「いいよ、食べて。またあとで作るから」

アオに頭を下げられる。どう考えても鳥の知能じゃないけど、今はそれよりも、この感動を恩人に伝えなきゃ。

「ウィル、そのトゲトゲの草に触っちゃダメだよ！　危ないからね！」

注意を残して、ログハウスに走る。

「イヴ！　すごいね、イヴ！　スキル『植物創造レベルＭＡＸ』最高！」

言いながら室内に飛び込み、びくっとする。

食卓で顔を突き合わせた３人。

なんだか、険悪な雰囲気。


私はアロンに促されるまま、空いている席に腰を下ろした。と同時に、アロンが話し始める。

「薬草取引の日を、もう少し増やしたいと思ってね」

１週間に１度の薬草取引を、今後は３日に１度にしたいとアロンは言った。

その提案に、「いいよ！」と私は答えた。むしろ、こちらからお願いしますって感じだ。なんせ、こっちに来るたびに味噌やみりんを買ってきてくれるって言うんだもん。

植物馬での移動だから、少しずつになるって言われたけど、ぜんぜんオーケイ。そのぶん、街に出ないで済むなら万々歳だ。

新しい契約を取り付けると、アロンはさっさと帰り支度を始めた。

そういえば、不思議なことがひとつ。私が買った『醤油』、やっぱり『収納』に入ってたんだよね。だから、アロンが持ってきてくれたのは私のじゃない。そう指摘すると、「まぁ、いいじゃない」とアロンは言葉を濁した。

「この醤油は置いていくからさ。今度も美味しい食事をご馳走してよ、ララ」

ぽんと頭に手を置かれ、「煮物が食べたい」とさっそくリクエストされる。

「なら、肉じゃが作ってあげる」

「肉じゃが？」

「あれ？　知らない？」

そういえば、『ジャガイモ』って、この世界にないんだっけ。似たような『ノルイモ』っていう芋はあるけど、アクが強くて、煮てもシャリシャリしてる。

肉じゃがっぽい料理があるとすれば、肉ノルって呼ばれているんじゃないかな？

聞くと、肉ノルなら知ってるって。やっぱり。

「ま、楽しみにしててよ。これが煮物の王様だっていうの、食べさせてあげるから」

なんだそれ、と言いながら、アロンは声を上げて笑った。

そういうわけで、今わが家には醤油瓶が2本。ストックがあるってステキ。あれもこれも、たくさん作れる。想像すると、幸せな気分になった。

◆◇◆◇◆

ハティとイヴのケンカが始まったのは、アロンの帰宅後すぐだった。ふたりの言い争いなんて日常茶飯事なんだけど、いつもより険悪。私がスキルの感動を伝えにログハウスへ駆け込む前、3人が険悪だったのは、どうやらハティに原因があるらしい。

「余計なことを。お前が眷属など貸してやるから、あいつは調子に乗って――」

「だってぇ、あの人間にもチャンスを与えないと不公平じゃない？　わたしはね、ララちゃんにはたくさんの選択肢を示してあげたいのよ」

「選択肢だと？」

「ほかのオスを近づけず、ララちゃんを囲い込むつもりだったんでしょうけど、そうはいかないわよ。ほかと比べて、選ぶ権利くらい与えてあげなさい。本来、伴侶選びというのはそういうものよ」

いつになくイヴが真剣だ。話している内容はよく分かんないけど、ハティが押されている。

「それでもララちゃんがあなたを選ぶというなら、わたしは止めないわ。ちゃんと応援してあげる。もう少し、余裕を持った大人になりなさいな、ハティ」

ギシ、と足元の板が音を立てた。

ヤッバ。

ふたりの視線が私に向く。

「お、おじゃましましたー……」

そう、私はふたりの会話を立ち聞きしてたのだ。ていうか、ウィルをお昼寝に行かせて戻ってくるとこの状態だったから、居間に入るタイミングを逃していた。

お取り込み中すみません、と退散しようとすると「いい、話は終わった」とハティが私を引き止めた。

「……これ以上、余計なことはするなよ」

「もちろんよ」

最後にハティがイヴに釘を刺し、話はついたようだ。

「あの……？」

本当にもう仲直り？　こてんと首を傾げてハティを見上げると、ゆっくり微笑まれた。ちゅっ、と頬にキスされる。

「もう、言ったそばから」

イヴが苦々しく言うも、ハティは素知らぬ顔だ。

「女側に選ぶ権利を与えはする。だからといって、魅力のアピールをして悪い理由はないだろう？　これはオス側の、当然の権利だ」

「まったくもう～」

ケンカを乗り越え、ふたりで分かり合ってるふうに笑うのはいいけどさ。

一体、何の話だよぉ……！

ていうか、ていうか、

「キス禁止～!!」

「ララは、俺に触れられるのが嫌か？」

急に接近されると胸がドキドキしてうっかり死にそうになるの。だから、困るの。

だけど、泣きそうなハティを目の前にして、そんなこと言える？

もう別にいいんじゃない？　私が頑張って心臓を鍛えるよ。なんて気になってくる。

「とにかく、キスはダメ」

「……抱きしめるのは？」

「えと、ダメ」

しゅんとしおれるハティ。罪悪感が募っていく……

一説によると、犬は――ハティは狼だけど同じようなもんだよね――飼い主とのスキンシップで最大の幸福を得るという。なのに、すべてのスキンシップを禁止するのはさすがに可哀想な気がする。

「急じゃなければ、いいから！」

で、言っちゃうよね、こういうこと。

「そうか！　では、次からは伺いを立てることにする」

ハティの復活は、不自然に早すぎた。まんまとハメられたわけだ。即座に抗議しようとしたけれど、その前にウィルが駆け込んできた。

「姉さま、どうしよう！　アオたちがしろいのぜーんぶたべちゃったよ‼」

庭に出ると、１０００本分の稲穂に実った白いお米が見事になくなっていた。

お腹いっぱいになって満足したのか、幸せそうな小鳥たちがそのへんに転がっている。『安寧の地』が作り出すドームの中には外敵が入れないから、小鳥たちものびのびしている。野性を忘れて、だらけきっているとも言えるけど。

あらためてお米を『創造』しようとして、問題が。

一度『創造』した植物は消せない。つまり、1000本分の稲の草むしりが待っているということだ。さすがに、キツい。

途方に暮れていると、ふくらはぎに柔らかな感触がちょんと当たった。

見れば、すっかり中型犬サイズに成長した一角うさぎたちが、稲と自分を交互に指差している。

「〝ぼくたちが食べてきれいにします〟だって!」

通訳ありがとう、ウィルくん。そして、一角うさぎたちよ、絶対に魔物の知能を超え――いや、もう何も言うまい。

「そういうことなら、お願いしようかな」

2列に整列した6匹の一角うさぎたちがビシッと敬礼する。

うむ、くるしゅうない。よきにはからえ。

今後の稲の処分は一角うさぎたちに任せよう、と思ったその時、あることをひらめいた。

さっそく、試してみる。

白いお米をつける稲を1本だけ、『創造』する。

「〝役目を終えたら消えること〟」

最後に、その一言を添えて。

そして、『創造』した白いお米を稲穂から、ぜんぶ取ってみる。

すると……

『創造』した稲は細かい砂になって消えた。

スキル『植物創造レベルＭＡＸ』は、まったく新しい植物を自由に作り出すことができる。想像した通りの効果を持たせて。

お米を収穫したあと、草むしりを必要としない稲だってね。

大成功だ！

いつも、私の想像をはるかに超えていくスキルの能力。『植物創造レベルＭＡＸ』も相当なものだけど、その最たるものは『安寧の地』だろう。

頭の中に新たなレベルアップのお知らせが鳴り響いたのは、その日の夕方のことだった。

◆◇◆◇◆

《レベルアップ！『安寧の地』レベルが６になりました。『ログハウス』に『２階部分』が追加されます。『電気機能』が開放されました。『照明』『洗濯機』『冷蔵庫』『オーブン』が追加

されます。『風呂場（中）』が『風呂場（大）』になりました》

しばし唖然。

だって、まさか。洗濯機に、冷蔵庫？

ゴゴゴ……と、いつもはしない大きな音がして、ログハウスが振動した。

「ゆれてるよぉ、姉さまぁ」

ウィルが泣き出した。

読んでた絵本をほっぽりだして、私に抱きつく。

震度2くらいの揺れだから、地震大国日本を知っている私にはどうってことないけど、ウィルはかなり怖がっている。この大陸に地震はないから、初めての、それは恐ろしい体験なのだ。

「大丈夫。これは姉さまのスキルでお部屋が変わる揺れだからね」

ウィルをあやしているうちに揺れは収まった。

おそるおそる居間に出る。変化した部分が、すぐに目についた。

まずはそう、玄関口から上に伸びる、木製のらせん階段。

次に、部屋の中央に垂れ下がる、チューリップ型のガラス照明。

壁に出現した突起を押すと、電気が切り替わった。

私はびっくりして、声が出せなかった。

このらせん階段も、チューリップ型の照明にも、見覚えがある。

日本の私の実家にあるものと、そっくりだ。

「姉さま、おへやがふたつあるよ！」

はしゃぐウィルが階段を駆け上がっていった。

『2階部分』には部屋が2つ。それぞれ10畳ほどだった。がらんとしたその部屋を見て、私の心はやっと落ち着いた。

ふっと、笑いがこみ上げてくる。

一瞬、本気で思った。何か摩訶不思議なことが起こって、私は前世の世界に引き戻されたんじゃないかって。

でも、2階の構造は、あの家とは違う。

らせん階段と照明。あれは前世の私のお気に入りだった。階段の中腹に座り、オレンジ色の照明の下で本を読むのが好きだった。

スキル『安寧の地』はやっぱり、私の『安寧』のイメージに寄せて、ログハウスを進化させている。

「姉さまたのしいね～！」

きゃっきゃと走り回るウィル。

今の私は、もう前世に帰りたいなんて、これっぽっちも思っていない。

そりゃあ、昔の家族に会えないのは寂しいけれど、ウィルとハティとイヴ、今の家族が、大好きだから。ずっとここで一緒にいたいと思う。


1階に下りて、キッチンへ向かった。

前回のレベルアップで『キッチン（中）』から『キッチン（大）』になった時、広々とした空間には、いくつか余分に思えるスペースがあった。

たとえば、本来ならここに冷蔵庫を置くのかなぁ、っていう空きスペースとか。

その空きスペースに今、『冷蔵庫』が鎮座している。

両扉式で、私の背より大きい。

そして、大理石の調理台の隅には『オーブン』が。

《『電気機能』が開放されました》ってことは、『照明』も『冷蔵庫』も『オーブン』も〝電気〟で動いているんだろうけど、ソーラー発電？　でも、屋根にソーラーパネルなんて見当たらない。ついでに、コンセントも。

仕組みはナゾだけど、ひとつだけはっきり分かることがある。

どれもこれも、この世界ではオーバーテクノロジーだってこと。

少し、怖くなった。一体、どこまで進化していくのだろう。

『安寧の地』は、どんどん住みやすいように変わっていく。もうこの場所から動いてほかの土地に行こうなんて気が起きなくなるくらい。

スキルはまるで、私をこの場所に留まらせようとしているみたい。


『風呂場（中）』から『風呂場（大）』に変わったお風呂場ものぞいてみた。

広々とした脱衣所に、洗面台ができていた。これまではなかった鏡も出現している。

久々に、ちゃんとした鏡で自分の顔を見た。相変わらず、ハッとするほどの美少女。くりっくりの黒目が驚いたように丸くなっている。

『洗濯機』を見つけた。ドラム式の、私が知る限りでは一番最新っぽいデザインのものだ。洗濯から乾燥まで一気にできちゃうやつ。

曇りガラスの扉を開けてまたびっくり。

この広さは、もはや旅館のお風呂だ。５人くらい同時に入れそう。

湯船が木製なのは変わらないけど、今まではしなかったヒノキの香りがする。広さと共に、造りもグレードアップしたようだ。

この広さなら、ハティと一緒でも伸び伸びと入れるね！　と考えてから、ハッとする。

今のハティは人間の姿になれるから、広くなくても問題ない。それに、

「一緒に入るとか、む、無理だし！」

ふと目に入った鏡、そこに映った私の顔はプチトマトみたいに真っ赤になっていた。

ふわっと温かい匂いがして振り向くと、ハティが私の腰を抱いている。

口の端をくっと引き上げて、一言。

「入るか？　一緒に」

「入りません!!」

ハティは私をからかっているのか、本気で言っているのか、よく分かんない。どっちにしろ私はドキドキしちゃうから、悔しい。

◆◇◆◇◆

2階部分に新しくできた2つの部屋を、ハティとイヴ用に整えようとして問題発生。

「ぼくこっちのへやね！」

ウィルが右側の部屋に駆け入り、シングルベッドにダイブした。

ちょっと待って。

「ウィルは1階の部屋で私と寝るんだよ？」

お母様のキングサイズベッドで、これまで通りくっつき合ってラブラブ眠るんだよ？

「やーだーっ。ぼくここでねるのぉ！」

ウィルはぐずって、自分の部屋がほしいと譲らない。困った。そして悲しい。最近のウィルは、何かと独り立ち志向に傾く。

「ぼくもう7さいになったから、ひとりでねれるもん」

しれっと2カ月くらいサバ読むし。

イヴとハティに説得の手伝いを求めても、ダメだった。そもそも、ふたりに部屋をあげるっていう発想自体がナンセンスだった。なぜなら、イヴもハティも部屋を必要としていなかったから。

「そんなこと言って、わたしをここからどかそうって魂胆ね。わたし、絶対にどかないから！」

居間に設置したソファのヌシ、イヴはそんな的外れなことを言った。

コーネットの屋敷にあった中で最も高級なソファを「家」としているイヴは、普段からこの場所を他人に横取りされるのを嫌う。

だったら、と「ソファを2階に移してあげようか？」と提案したのに、イヴはそれも断った。

昼間はリビングにいるみんなを眺めながらソファでごろごろ、夜はそのまま寝落ちして、リビング横のキッチンで私が朝食を作り始める音で起きる、っていうのが幸せらしい。

で、ハティはというと、

「俺はララと相部屋でいい。寝具も共にすればよいではないか」

何か問題が？　そう言わんばかりに〝人間の姿〟のハティは言った。

いやいや、問題しかないよ！

「これまでも共に眠っていたが」

「そうだけどさぁ！　それは、〝狼の姿〟のハティなわけで……！」

「どちらも俺であることは変わらん」

「ううう……そうかもしれないけど……」

そのうちハティは、「自分は護衛だから、いかなる時も護衛対象の側にいなければならない」とかいう理屈を持ち出してきた。2階と1階も〝側〟の距離に含まれると思うんだけど。それに、2階にいるウィルだって、護衛対象のはずだ。

「では、眠る時は狼の姿をとる。それなら構わないだろう？」

「まぁ、そういうことなら……」

——いい、のかな？

狼の姿のハティと眠るなら、これまでと変わらないし。

その夜。

「ぜんぜんよくなかった！」

ウィルはさっさと2階の部屋に眠りに行ってしまい、私はキングサイズのベッドにハティとふたりきり。

大きな胸板にぎゅっと抱き寄せられ、何かが危険だと思った。

前世でつちかった少ない性知識が警告を出し続けていて、頭の中がうるさい。

「あ、あのっ、寝る時は狼の姿になるんでしょ？」

「ああ……そうだったな。うっかりしていた」

「絶対覚えてたよね？」

ぽん、とハティの姿が巨大な白銀の狼に変わる。もふもふの腕に包まれて眠るのは、毎夜のこと。

だけどやっぱり、何かが違う。

そして、翌朝。

「ハティの嘘つき！　寝る時は狼の姿でって言ったのに！」

ハティは人間の姿で私の隣に眠っていた。

お腹の辺りの布が大きくめくれ、美しく割れた腹筋が見えている。両手で目を覆いながらも、私はそのお腹を、指の隙間からばっちり見てしまう。もう、しっかりと。脳裏に刻み込んでしまう。

白いシーツに広がる白銀の長髪と長いまつ毛に朝日が反射して、この世のものとは思えない幻想的な光景を創り出していた。

神話で描かれる神様みたいに綺麗。って、ハティはその神様なんだけど。

やっぱり、人間とは根本的に造りが違うのだ。こんな綺麗な人、いない。

私はそーっと手を伸ばして、服の端を引っ張った。とにかく、目の毒になるものは隠そうと思った。だんだん隠れていく腹筋と縦筋。ハティは起きない。よしよし、いい感じ。

その時だ。

「ふっ」

薄く開かれた灰色の双眼と目が合った。

「よいぞ。好きに触ってくれ」

……。

「はぁ!?　ちが、これは！」

どうやらハティは、勘違いをしているようだ。それも、乙女の尊厳に関わるような、重大な勘違いを。

どう誤解を解こうかとあたふたしていると、ハティがお腹を抱えて笑いだした。

「……いつから起きてたのかな？」

「ララが俺の腕を離れた時から」

「最初からじゃん！」

縦筋を凝視してたのも、バレバレってわけだ。

……死にたい。

「男の体に興味を持つことは、男を恋愛対象として意識する第一歩だ。ララの成長を感じ、俺は嬉しく思うぞ」

「ぐふっ」

ダメージ１０００。ノックダウン。

「あさ、朝ごはんを――きゃっ」

「まだ早い。もう一眠りしよう」

朝食作りを口実に私が逃げだすことはお見通しだったみたい。ベッドに引き戻され、背後からがっちりホールドされる。足まで絡ませてきた。手がするすると上のほうに上がっていき……胸元に侵入してくる。

って、うぉぉぉぉぉぉい！

「ハティ！　いい加減にしないと怒るよ！」

「んー？」

かすれ声で寝ぼけてますアピールしても無駄だから！

「はな、離してっ」

「姉さまおはよーう。……っ！」

なんてタイミングよ。

「ちが、違うんだ……！」

男女がベッドで抱き合っていると、勘違いされるであろう〝こと〟の意味を、ウィルはきっとまだ知らない。知らなくていい。だけど、これがその知識を得るきっかけになってしまったらたまらない。

「ウィルくーん……？」

「イヴ〜!!　ハティが姉さまをいじめてる〜!!」

数秒の沈黙後、ウィルはそう絶叫しながら、イヴを呼びに走って行った。

なるほど。この状況を、そう捉えるわけね。

ある意味、正解だ。

「お馬鹿」

ほどなくやってきたイヴは、ハティの頭に手刀を落とした。

「すまなかった。少しだけ、やりすぎた」

「少し⁉」

頭から布団を被り、色々触られた感触を引きずって震えていた私は、ついにキレた。

「あんなことや、こんなことしといて、ハティの中ではあれが少し⁉」

そうして、禁断の一言を放ってしまう。

「……ハティなんか、もう嫌い」

別に、本当に嫌いになったわけじゃないけど、この時の私はけっこう怒ってたんだ。やめてって言ってもやめてくれなかったハティはちょっと怖かったし、ウィルに見られたのもショックだった。

それから数時間、私はハティを避け続けた。簡単に許すのはしゃくだもん。

「ララ……」

背後に来たハティを、ふんと無視する。

ハティは雷に打たれたようにその場に硬直する。この反応も、もう何度目か分からない。

「ララ……あの、皿を洗っておいたぞ」

朝食で使用した食器類を全て洗ったと、ハティが笑顔で報告してくる。

「うん」

青い顔をしたハティはもう、ほとんど死にそうだ。

イヴはこの状況を楽しそうに傍観し、ウィルはひたすらおろおろしてる。私も、内心おろおろしてる。困った。やめどきが分からない。

◆◇◆◇◆

『植物創造レベルＭＡＸ』でお米が作れるようになってから、私たちの主食はパンからお米に変わった。お米はすごい。その優しい甘さで、ケンカ中の私とハティの間に平和をもたらす。だけどそれはつかの間で、食後の私はやっぱり冷たい態度に戻ってしまう。

午後のおやつの時間。焼きリンゴと紅茶を用意してみんなを呼んだけど、そこにハティの姿はなかった。

「あれ、ハティは？」

「ごはんのあと、おそとに行ってたよ」

ウィルが席に着きながら答える。そういえば、傷ついた顔をしたハティがふらふらと外へ出ていったところまでは横目に見た気がする。

「まだ帰ってきてないんだね」

嫌な態度は、するほうも、されるほうもしんどいものだ。長引くと、それだけお互いを傷つける。家の中の雰囲気は悪くなるいっぽうだし。

ふぅ、と深呼吸。

ハティが帰ってきたら、ちゃんと仲直りしよう。ハティも反省してるみたいだし、これ以上は無意味だもん。

そう決めたのに、ハティはなかなか帰ってこない。例のトラウマが再燃しそうだけど、イヴとウィルが賑やかなおかげで気が紛れた。

「今日は何して遊んだの？」

頬についた泥を濡れ布巾《ふきん》で拭いてあげると、ウィルはまん丸お目々を嬉しそうに細めた。

「もぐらさんたちに穴ほりおそわったの」

「うまく掘れるようになった？」

「うんっ。ぼくね、もうこーんなに大っきい穴ほれるんだよ！」

手をいっぱいに広げて、穴の大きさを一生懸命に伝えてくる。

「うんうん、すごいねぇ。ウィルは天才だよぉ」

とデレつつも、焼きリンゴに向かってそーっと伸ばされる細腕を、私は見逃さない。

「イヴ！」

イヴはつまみ食いの常習犯だ。

まったく、油断も隙もない。

「いいじゃなぁい。焼きリンゴが冷めちゃうわ。先にいただきましょうよぉ」

机を叩いて駄々をこねるイヴに「もう」と呆れた声をあげた時だった。開け放った窓から一陣の風が吹き込んできた。緑の庭に白銀のきらめきが舞い降りる。狼の姿をしたハティだ。

「あっ、ハティかえってきたぁ！」

ウィルが迎えに出るのと、ハティが人間の姿に変わるのは同時だった。ふたりが玄関口に入ってくると、ふわっと花の香りがした。

「ララ……」

灰色の双眼が、懇願するように私を見る。

最上級の美貌がいつも以上に美しく見えるのは、たぶん胸に抱えた花束のせい。

桃色の小花たちでできた花束を、ハティは私に差し出した。

「どうか、許してほしい」

悲壮感をただよわせるハティには悪いけど、私は今にも笑いだしてしまいそうだった。

だって、あまりにも、やることがかわいすぎるんだもん。

ずるいよ、こんなの。こんなことされたら誰だって許しちゃう。

「姉さま、ハティとなかよくして。ぼく、ふたりがきらいきらいなの、やだよ」

私とハティの手を握るウィルは、今にも泣き出しそうだった。

「ウィル……」

ウィルは人の気持ちに敏感だ。それは、スキル『真実の目レベルMAX』のせいかもしれないし、悪意にまみれた家で育ったせいかもしれない。どちらにしろ、心配をかけてしまったことに変わりはない。コーネットでの最悪な生活から、せっかく抜け出せたんだもん。私だって、みんなで仲よく暮らしていたい。嫌な雰囲気をずっと引きずっていたくない。

「ハティ、もう怒ってないよ」

「！　では……」

「許してあげる。でも、今度から、その、色々と気をつけてね。やめてってって言ったら、ちゃんとやめて。ドキドキして、おかしくなっちゃうから……分かった？」

涙の膜《まく》が張っていたのか、大きく開かれた灰色の瞳が輝いた。

「ララっ！　ああ、分かった。もうララの嫌がることはしない！」

ガバッと、勢いをつけて抱きしめられる。太陽の匂いに加えて、かすかに草の匂いがした。

「って、そういうとこだよ」

「あ、すまない……」

しゅんと垂れ下がる、幻覚の犬耳。

ウィルが、私とハティの手を重ね、握手させる。

「分かった。仲よし、仲よし！　これで仲直りね」

「なかよし、しよ？」

「うんっ！」

ウィルは満足げに頷いた。

ハティを迎えて、あらためておやつの時間にする。笑顔があふれる食卓。

やっぱり我が家はこうでないと。

ハティがくれた花束は、花瓶にいけて、リビングに飾ることにした。コーネットで死蔵していた花瓶は花を得て、心なしか嬉しそうに見える。

桃色の小花はすごくかわいくて、だからその名前が気になったのはごく自然のこと。

『鑑定』をかけると、その途端、レベルアップのお知らせが響いた。

《レベルアップ！　『鑑定』レベルが5になりました。説明文が一文追加されます。説明文が5行になりました》
『鑑定』結果を見て、私の頬はぼっと燃え上がった。
だって、これ……
5行目は、花言葉の説明文だった。
《私の思いを受け止めて》
「気に入ったか？」
振り返ると、私の髪をもてあそぶハティがいる。笑みをたたえた口元。花言葉は意図的なものだと悟った。

外伝　ぼくの相棒

ぼくがスゥと出会ったのは、ある雨の日だった。

姉さまがスキルで作ってくれた大きな葉っぱを傘《かさ》にして、『仲間たち』と一緒にずんずん森を歩いていくと、助けを求める声が聞こえた。みんなには、キィキィとか、シャーッとしか聞こえなくても、ぼくには分かる。

木の下に、一角うさぎがたくさん集まっていた。何かをおしくらまんじゅうでつぶしてる。

あそこに、いる。

「こらーっ！　いじめちゃダメー！」

さーっとうさぎたちがいなくなると、そこにボロボロになった白いへびがいた。

こうして助けたのが、スゥ。ぼくの相棒になったへび。

だけど、スゥはずる賢くて、おそわれてたのは「しばい」だったんだ。

「やー。助かったぜ、小僧」

へびは言った。

「こぞうってなーに？」

「はなたれ坊主って意味だ」

「はなたれ？　ぼく、はなみず出てないよ？」

「いや、まぁ、ったく面倒くせえ。人間のガキはこれだから嫌いだ」

「ぼく、たすけてあげたのに」

ぼくはむっとして、バイバイってへびに言った。するとへびは、「ちょっと待った！」とぼくを引き止めた。

「なに？」

「助けてくれた礼に、お前のペットに加わってやるよ。ほら、俺をお前の家に連れてけよ」

「ぼく、ペットなんてかってないし、いらない」

「いっぱい飼ってんじゃねぇか、ペット。ほら、そこにも、そこにも」

へびはぼくの肩や頭を指差して言った。肩には青い小鳥が、頭の上には小猿が乗っている。

「アオたちはペットじゃなくてお友だちだもん」

「失礼ね。こんなやつ放っといて行きましょ、ウィル」

青い小鳥、アオが言った。

「だな。こいつ、どうせお前の姉さんのメシが食いたいだけだぜ？」

お猿のジョージも言う。アオは青いからアオ。ぼくが名前をつけたけど、ジョージは姉さまが名前をつけた。お猿なら絶対ジョージだって譲らなかった。

姉さまが作る果物は、森の生き物たちの話題になっているらしい。「あいつら隙あらば俺たちのポジションを狙ってる」って、いつもジョージがグチってる。

その時、ぐぅとへびのお腹が鳴った。

「おなかすいてるの？」

やめときなさいよってアオはとめたけど、ぼくはリュックからいちごを取り出して、へびにあげた。

「げぇ。俺、肉以外食わねぇんだけど」

へびは文句を言いながらも、いちごをもしゃもしゃ食べて、アオたちの分まで食べちゃって、すっごく怒られてた。

ぼくが歩きはじめると、へびは当たり前のようにぼくのあとをついてきた。

「俺はスゥベルハイツってんだ。見ての通り、ただの『トルネードスネイク』だ」

「ふうん」

「竜巻を起こせるんだぜ」

「へー」

「お前にあだなす敵を皆殺しにできる」

「すごいね」

「おい」

へびはジャンプして、ぼくの首に巻きついた。「ちょっと！」と文句の声をあげて、アオが飛び立つ。

へびはするりと首を伸ばして、赤い舌をちろちろさせながらぼくの顔をのぞき込んだ。

「お前は何がほしい？　言ってみろ。俺がなんだって与えてやる。地位か？　名誉か？」

「ぼく、なんにもいらないよ」

「そんなはずはない。人間は何でもほしがる、わがままな種族だ」

何を心配しているんだろう。

トン、トン、傘の葉っぱに雨のしずくが落ちる音がする。

ぼくはへびの頭を撫でて言った。

「なんにもくれなくても、ぼくらはお友だちになれるよ」

へびは目をぱちくりさせて、ぼそっと言った。

「……お前、変なやつだな」

ひときわ深い森の中に崩れかけのお城があって、ぼくらはそこを秘密基地にしている。手作りのベッドもある。森で集めた落ち葉を姉さまがくれた布で包んだんだ。

へびはぼくらについてそこへ来ると、自慢げに言った。

「この城は、俺が破壊したんだぜ」

「スゥがこわしたの？」

この頃になると、ぼくはへびのことをスゥと呼んでいた。スゥベルハイツは長いし、発音しようとすると舌の先っちょを噛んで痛かった。

「ここには昔、俺の友人が住んでてな。俺はそいつの幸せを壊すのが趣味なんだ。そいつがここを気に入ってたもんだから、壊してやったのさ」

スゥはたぶん、寂しがり屋さんなんだと思う。その友だちに、きっと構ってほしかったんだ。一緒に遊びたかったんだ。でも、その気持ちがうまく伝えられなくて、お城を壊したのも、後悔してる。

よしよしって頭を撫でると、スゥは首をひっこめる。

「それやめろ。なんか、調子狂うんだよ」

「ツンデレさんだね」

「は？　ツンデレって何だ？」

「姉さまが言ってたんだ。オイシイ個性なんだって」

「食いもんか？」

ぼくが困っていると、ジョージが言った。

「お前馬鹿だな」

「あん!?　んだとコラ、神に向かっていい度胸じゃねぇか」

「神？」

「いや、違くて、クソ、何でもねぇよ！」


スゥの正体を、ぼくは知っている。ぼくの目は、たいていのことを見通せる。過去や、時々、未来も。

スゥをハティに紹介したとき、ぼくはあるビジョンを見た。


「友だちって、ハティのことだったんだね」

ぼくが聞くと、スゥは諦めたように言った。

「あいつは俺にまったく気づいてなかったけどな」

「どうして〝ただのトルネードスネイク〟のふりをしているの？」

スゥは何も言わなかったけれど、ぼくには分かった。ハティの側にいたいからだって。正体を明かして、昔の悪さをとがめられて、追い出されるのが怖いんだ。

「気づかれなかったから、スゥはもうあきらめて行っちゃうの？」

「分かんねぇ」

「だったらさ、ぼくといっしょにいようよ」

笑いかけると、スゥはふんっと顔をそむけた。

「……まぁ、お前がどうしても、つーなら一緒にいてやる」

「うん、どうしても」

「お前ってほんと……変なやつ」

心配しなくても大丈夫だよ、スゥ。そのうち勇気を出してぶつかれば、ハティはちゃんと許してくれるって、ぼく、知ってる。

あとがき

ライトノベルというジャンルに出会ったのは2年前、あるアニメの原作が「小説家になろう」に投稿されていると聞き、読み始めたのがきっかけでした。1ページ目を読んで、2ページ目を読んで、もうスクロールする指が止まらない。面白すぎて、その晩は人生2回目の徹夜をしました。ちなみに1回目の徹夜は高校生のとき。テスト前日の一夜漬けで……と、この話はおいとくとして。

その小説との出会いは、もはや事件でした。小説界には、こんな軽やかな文章のジャンルがあるのかと、目から鱗のびっくり仰天大事件。

ライトノベルはあいまいなジャンルで、しばしばその定義が問題になりますが、私が思う定義はこうです。

〝軽やかな物語〟

まるで漫画を読んでいると錯覚するような、軽快な文章のリズムや小気味よいキャラクターたちの掛け合い、追い風をバックに全速力で駆け抜けるようなその軽やかさがライトノベルの定義——そして醍醐味なのだと思います。ただ頭を空っぽに、文章を目で追うだけで楽しい。純文学のように強烈なメッセージが込められているわけではないけれど、そのぶん気軽に読める。

『転生令嬢は逃げ出した森の中、スキルを駆使して潜伏生活を満喫する』も、ただ楽しく気軽に読んでもらいたいという思いで執筆しました。日常は、難しいことばかりで溢れています。本を開いているその時間だけでも、ララたちのいる『安寧の地』に避難して、のほほんとした暮らしを味わってもらえたらいいなと思います。

本作は私のデビュー作となりました。本屋さんに書籍が並んだその日には、きっと自分の足でも買いにいくのだろうと思います。

最後に、応援してくださっている読者の皆様、そして出版という貴重な経験をさせてくださったツギクルブックス様にお礼申し上げます。

2020年8月　灰羽アリス

SPECIAL THANKS

「転生令嬢は逃げ出した森の中、スキルを駆使して潜伏生活を満喫する」は、コンテンツポータルサイト「ツギクル」などで多くの方に応援いただいております。感謝の意を込めて、一部の方のユーザー名をご紹介いたします。

京

KIYOMI.A

ラノベの王女様

ツギクルAI分析結果

「転生令嬢は逃げ出した森の中、スキルを駆使して潜伏生活を満喫する」のジャンル構成は、ファンタジーに続いて、SF、恋愛、歴史・時代、ミステリー、ホラー、青春、現代文学、童話の順番に要素が多い結果となりました。

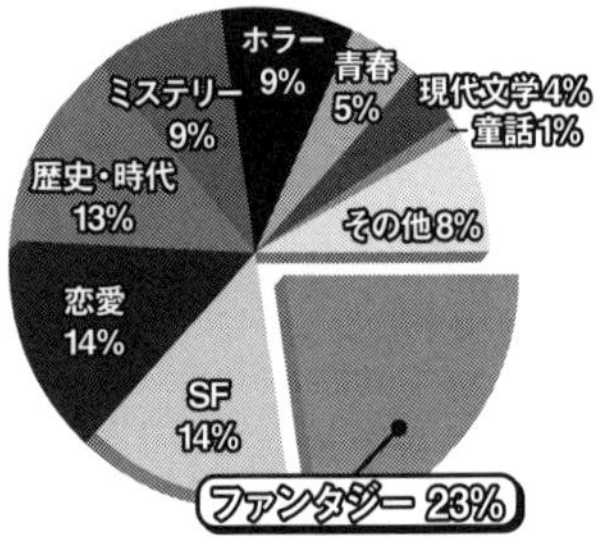

期間限定 SS 配信

「転生令嬢は逃げ出した森の中、スキルを駆使して潜伏生活を満喫する」

右記のQRコードを読み込むと、「転生令嬢は逃げ出した森の中、スキルを駆使して潜伏生活を満喫する」のスペシャルストーリーを楽しむことができます。ぜひアクセスしてください。キャンペーン期間は2021年3月10日までとなっております。

武の名家サルバトーレ家の嫡男として生まれたアシムは、5歳の誕生日に前世の知識を思い出すが、前世の知識に照らし合わせて自分の状況を分析してみると、人生が詰んでいることに気づく。
サルバトーレ家は貴族から没落したうえに、他の貴族に嵌められて、
その武の才能を飼殺しにされていたのだ。
どうにか自由な人生を取り戻そうと努力するアシムは、不思議な力を使って成り上がっていく――。

辺境の地から魔法と知識チートで成り上がる、異世界領地改革ファンタジー、いま開幕!

本体価格1,200円+税　ISBN978-4-8156-0588-9

ツギクルブックス　https://books.tugikuru.jp/

小学生の高橋勇輝（ユーキ）は、ある日、不幸な事件によってこの世を去ってしまう。

気づいたら神様のいる空間にいて、別の世界で新しい生活を始めることが告げられる。

「向こうでワンちゃん待っているからね」

もふもふのワンちゃん（フェンリル）と一緒に異世界転生したユーキは、ひょんなことから騎士団長の家で生活することに。

たくさんのもふもふと、優しい人々に会うユーキ。

異世界での幸せな生活が、いま始まる！

本体価格1,200円＋税　ISBN978-4-8156-0570-4

ツギクルブックス　https://books.tugikuru.jp/

異世界に
転移したら山の中だった。
反動で強さよりも快適さを選びました。
著▲じゃがバター
イラスト▲岩崎美奈子
カクヨム
書籍化作品
勇者には極力近づきません!
花火の場所取りをしている最中、突然、神による勇者召喚に
巻き込まれ異世界に転移してしまった迅。
巻き込まれた代償として、神から複数のチートスキルと家などのアイテムをもらう。
目指すは、一緒に召喚された姉(勇者)とかかわることなく、
安全で快適な生活を送ること。
果たして迅は、精霊や魔物が跋扈する異世界で
快適な生活を満喫できるのか——。
精霊たちとまったり生活を満喫する異世界ファンタジー、開幕!
「カクヨム」総合ランキング
年間1位獲得の人気作
(2020/4/10時点)
本体価格1,200円+税　ISBN978-4-8156-0573-5
ツギクルブックス
「カクヨム」は株式会社KADOKAWAの登録商標です。
https://books.tugikuru.jp/

5巻 2020年
10月発売予定!
もふもふを
知らなかったら
人生の半分は無駄
にしていた
1～4
著／ひつじのはね
イラスト／戸部淑
冒険あり、癒しあり、笑いあり、涙あり
もふもふたちに囲まれた
異世界スローライフ!
第7回
ネット小説大賞
受賞作!
KADOKAWA
「ComicWalker」で
コミカライズ
好評連載中!
魂の修復のために異世界に転生したユータ。
異世界で再スタートすると、ユータの素直で可愛らしい様子に
周りの大人たちはメロメロ。
おまけに妖精たちがやってきて、魔法を教えてもらえることに。
いろんなチートを身につけて、
目指せ最強への道??
いえいえ、目指すはもふもふたちと過ごす、
穏やかで厳しい田舎ライフです!
転生少年ともふもふが織りなす
異世界ファンタジー、開幕!
本体価格1,200円＋税　ISBN978-4-8156-0334-2
ツギクルブックス
https://books.tugikuru.jp/

ミリモス・サーガ
―末弟王子の転生戦記
1～2
著／中文字
イラスト／岩崎美奈子
魔道具の鳥でらくらく偵察！
神聖術で身体強化！
スローライフできない
辺境王子の異世界奮闘記
帰省中に遭遇した電車事故によって
異世界に転生すると、そこは山間部にある弱小国だった。
しかも、七人兄弟の末っ子王子!?
この世界は、それぞれの道でぶっちぎりの技術力を誇る
2大国が大陸の覇権をかけて戦い、小国たちは大国に
睨まれないようにしながら互いの領土を奪い合う戦国の様相。
果たして主人公――末っ子王子の『ミリモス・ノネッテ』は
立身栄達を果たせるのだろうか!!
ミリモス・サーガ
ミリモス・サーガ
2
本体価格1,200円＋税　ISBN978-4-8156-0340-3
ツギクルブックス
https://books.tugikuru.jp/

社畜騎士がSランク冒険者に拾われてヒモになる話
～養われながらスローライフ～
1～2
著／岸本和葉
イラスト／匂歌ハトリ
誰も食べたことない！
激ウマ！
ドラゴンカレーを召し上がれ!!!!
「コミック アース・スター」にて
コミカライズ
企画進行中！
王国騎士団に入ったテオは、５年間、上司から嫌がらせを受ける毎日。
自分の部屋に帰る機会が少なくなるほど過酷な業務の割に給料は安く、
精神的にも肉体的にも限界を迎えていた。
そんなある日、軍と同等に戦えるとまで噂されている
Sランク冒険者に家政夫として拾われる。
彼女には生活力がまったくなく、それをサポートすることが条件。
騎士団の仕事に比べれば億千倍マシな業務に、桁外れの給料。
テオは彼女の要求を受け入れ、実質ヒモへと転職することになった。
最強の冒険者と一緒にいるのはトラブルが絶えないが、
彼女と共にいればそれも可愛いもんだ。
テオは今日も家事をこなす。彼女に喜んでもらうために――。
本体価格1,200円＋税　ISBN978-4-8156-0359-5
ツギクルブックス
https://books.tugikuru.jp/

ツギクルブックス

愛読者アンケートに回答してカバーイラストをダウンロード！


愛読者アンケートや本書に関するご意見、灰羽アリス先生、麻先みち先生へのファンレターは、下記のURLまたは右のQRコードよりアクセスしてください。

アンケートにご回答いただくとカバーイラストの画像データがダウンロードできますので、壁紙などでご使用ください。

https://books.tugikuru.jp/q/202009/morinonaka.html

本書は、「小説家になろう」（https://syosetu.com/）に掲載された作品を加筆・改稿のうえ書籍化したものです。

転生令嬢《てんせいれいじょう》は逃《に》げ出《だ》した森《もり》の中《なか》、スキルを駆使《くし》して潜伏生活《せんぷくせいかつ》を満喫《まんきつ》する

2020年9月25日　初版第1刷発行

著者　灰羽《はいばね》アリス

発行人　宇草 亮
発行所　ツギクル株式会社
〒106-0032　東京都港区六本木2-4-5
TEL 03-5549-1184
発売元　SBクリエイティブ株式会社
〒106-0032　東京都港区六本木2-4-5
TEL 03-5549-1201

イラスト　麻先みち
装丁　株式会社エストール

印刷・製本　中央精版印刷株式会社

ISBN978-4-8156-0594-0
Printed in Japan

著：灰羽アリス

「小説家になろう」や「アルファポリス」「カクヨム」などで活動中。本作でデビュー。

イラスト：麻先みち

ライトノベルなどで活躍するイラストレーター。『ドラゴンと王子の結婚生活』（ビーズログ）、『異世界でのんびり癒し手はじめます ～毒にも薬にもならないから転生したお話～』（アリアンローズ）などを担当。

転生令嬢は逃げ出した森の中、
スキルを駆使して潜伏生活を満喫する

9784815605940
1920093012003
ISBN978-4-8156-0594-0
C0093 ¥1200E
定価 本体 1,200 円 ＋税
発行：ツギクル
発売：SBクリエイティブ